平成徒步日記

宮部美幸的江戶散步之旅

譯者 章蓓蕾

穿梭時光隧道　踏查江戶

辜振豐

日本作家大多以書寫小說為主，但一時技癢，難免會嘗試隨筆，如三島由紀夫、村上春樹、東野圭吾、宮部美幸。《平成徒步日記》中譯本能夠上解作家的寫作生活和休閒。宮部擅長現代推理小說，論者常常稱她是「松本清張的女兒」，意思是說，其內容頗能傳承他的精髓，重視小說的社會性。這一來，有人推斷她曾經擔任松本的助理。

本書內容是尋找江戶遺跡，整個過程中，時時穿插德川時代的故事。她曾將小說題材擴展到江戶，如臺灣曾經推出的《怪》。其實，以江戶為題材的小說、電影，總是被稱為「時代小說」、「時代電影」，而且是「火紅的寫作產業」。這種題材一直深受日本人的喜愛，許多暢銷作家往往仰賴時代小說而名利雙收。大致說來，這種文類每每涉及人情義理、刀光劍影、為民伸冤、妖魔鬼怪等。

江戶人口，町人（商人、職人）占了半數，是繁榮經濟的主力。其中出版物業十分發達，如井原西鶴的商情小說，以經營竅門、勤儉持家為主題。老百姓家中缺乏浴室設備，往往會到錢湯，清洗身體之外，也交換信息跟八卦，式亭三馬《浮世風呂》便是這種泡澡文化的產物。日後，當代作家也繼續撰寫以江戶為題材的小說。

當今日本最火紅的作家，就是佐伯泰英。他曾經埋首創作國際推理小說，但一直無法榮獲讀者的青睞，結果，編輯時時大嘆三聲無奈！某日，向他發出最後通牒：「不妨試一試時代小說或是情色小說！否則……」一聽之後，他心想，力不足以涉入情色，唯有試試時代小說，奮力一搏！此後，每天窩在圖書館，埋首蒐尋江戶資料，並仔細閱讀，以便化為小說。時機成熟後，第一本時代小說上市後，銷路扶搖直上，同時讀者大力叫好！如今，作品分別由各大出版社上市，銷量已經超過一千萬冊！

江戶距離跟現代頗為遙遠，因為經過數度大火、關東地震、二戰，整個面貌幾乎蕩然無存。但透過少數遺跡和圖文，總是讓日本人更樂於建構自己心目中的江戶。這本日記固然連結江戶，但行文比較隨興，因此還是要有一個江戶的輪廓，閱讀起來，會比較有趣。

回顧過去，戰國武將織田信長大力接納西洋文化，主張開放。但一六〇三年，德川家康掌權後，深恐洋人作亂，於是驅逐外國人，開啟鎖國時代，其間只准跟少數荷蘭人來往。總計約三百年的德川政權，建構日本人的自戀與封閉心理。直到一八五三年，美國東印度艦隊司令培里，以武力迫使日本開放門戶，而日本自知無力抵抗，只好屈服，此一大事史稱「黑船事件」。這重大的衝擊在大河連續劇《坂本龍馬》曾經出現。有趣的是，幕府末年，人民往往稱英美是「鬼畜美英」，一拿起畫筆，總是將老外描繪成野獸！這要歸因於德川時代的洗腦！其實，日本人心中有「開放好奇」的一面，是受到織田信長的影響，但其「封閉」的一面，乃是德川鎖國的影響。

回顧過去，德川家康掌權後，以大將軍之名遙控天皇，並遷居江戶。江戶時代有許多值得稱許的文化跟制度。例如，浮世繪、和服、武士刀、戰國盔甲，從十八世紀以來，就吸引許多歐洲人。浮世繪畫家寫樂的肖像畫，曾經獲得一位德國學者的絕讚，並認為林布蘭、維美爾、寫樂是世界三大肖像畫家。至於和服，在十九世紀末也受到矚目，法國畫家莫內有一幅畫作，是由太太擔任模特兒，而且身穿華麗的和服。後來，英國人甚至將和服改裝成家居服。在科技方面，也有驚人的進展，如「發條人形」一啟動，非但可以端茶，更能夠射箭，這為日後的機器人產業建構穩固的基礎。此外，「宅急便」，舊名「飛腳」（信差），日行百里，也為日本的物流系統扎根。

江戶的警政十分先進。老百姓住的是木造屋，經常遭受大火侵襲，因此往往建立地下倉庫，以防萬一，而消防系統也因為祝融時時來襲而日見改良。至於江戶執掌警政、行政、司法、消防的「奉行」，分成南奉行、北奉行。每個月輪番交替，以防止弊端出現。大家熟悉的《遠山金四郎》連續劇，男主角就是官拜奉行，平時勤於訪查民情，為民伸冤。

江戶時代，日本尚處於前現代，人權觀念尚未萌芽，許多刑罰往往公開亮相。正如宮部指出，犯人中的死刑犯，要是犯下縱火未遂、販賣偽藥、飛腳半途拆信等，就會處以「遊街示眾」的附加刑。而「梟首刑」，乃是犯人被斬首之後，將首級放在板上公開陳列三天。這如同歐洲國家處決人犯有異曲同工之妙。不管是法律或政治事件，囚犯一律在街頭處決，而現場會圍觀很多民眾。一六四九年，英國爆發清教徒革命，國王查理一世遭到逮捕，並且在街頭當眾被砍頭。日本在明治維新之後，人權開始受到重視，處決慢慢挪移到隱密的刑場，畢竟死刑犯也有人權跟尊嚴！

本書一開始，便呈現日本的死亡文化。大家熟悉的神風特攻隊，在二戰期間，不惜一切為天皇而犧牲生命，這是明治維新之後的產物。但昔日德川家康能夠掌權，大多依賴旗下家臣的忠貞精神。江戶時代，仍然是封建體系，各藩主擁兵自重，因此各地藩主和夫人，要定期住在江戶，充當人質。當時雖然沒有像戰國時代，戰火頻頻，但各地諸侯偶爾會有大大小小的衝突。

例如，作者提到的「赤穗事件」，就是四十七位家臣為主公淺野長矩報仇的故事。起因是淺野受到高官吉良的羞辱、拔刀刺傷吉良的事件，五代將軍德川吉綱卻命令淺野切腹自殺。這一來，這批家臣認為處置不公，乃聯手殺死吉良。此後，這個故事經常改編成故事、連續劇、電影，而且膾炙人口，固然老百姓對於德川幕府的統治有所不滿，但不免也強調忠貞精神。所以，現代化之後，這種精神轉型為忠於國家跟會社。

但死亡跟愛情也息息相關，例如名劇《心中天網島》，乃是呈現男女主角爆發不倫之戀，最後雙雙殉死。其實，「心中」，意指是殉情，而後來也改編成電影，由岩下志麻主演。至於宮部提到的阿七也是為愛而死，不光是淨琉璃歌舞伎經常演出，且是人形創作的重要題材。話說一六八二年，阿七就是聽信讒言，以為放火燒掉寺廟，就可以見到愛人，但也因此犯下縱火罪。

宮部的推理小說喜歡以社會邊緣人為角色，即使查訪江戶遺跡，也特別到江戶放逐流犯的八丈島瞧一瞧。其實，她的出生地深川在江戶時代就是化外的邊區。這一來，她嘲笑父親經常自稱是「江戶子」，接著筆鋒一轉，高樓大廈，舉目可見！資本主義一發展，深川乃劃入東京。

以宮部美幸而言，《平成徒步日記》能夠完稿，可謂一舉兩得。首先，她本身在日本文壇已經立足腳步，作品銷路十分穩定，因此提案撰寫書稿，出版社大多會接受。此書就是提案通過後，由編輯跟攝影師陪同出遊，踏查江戶。一來為了出書，二來享受休閒活動。既然跟寫作扯上關係，她行文之間，偶爾會透露日本專業寫作的祕辛。

日本出版產業頗為成熟，作家大多加入「事務所」，以便能夠專心創作。作家大多不諳出版實務，這一來，簽約事宜和找尋寫作相關資料，往往由所方代為處理。而作家在完稿前的半個月會努力衝刺，其間電話、通告、邀稿也都由所方出面。顯然，這可以省下不少時間。例如，宮部就是跟大澤在昌、京極夏彥合組事務所，大澤曾以《新宿鮫》馳名文壇，而京極則是擅長撰寫鬼怪故事的暢銷作家。

我覺得書中談到寫作，最珍貴的，就是宮部的父親告誡她：「不論做什麼，連續做滿十年才算出師。」她想起這段話，真是百感交集，不免感慨「喔！我也算是出師了」，而且覺得自己應該更加努力。看來，這些話總讓人想起日本書市競爭激烈，寫作人才滿坑滿谷。即使得到「芥川獎」，也未必能夠在書市贏得一席之地。即使榮登暢銷作家，時時刻刻在編輯的催促下，加上讀者的期待中，繼續生產作品，以免遭到淘汰。

宮部美幸算是日本的大咖作家，幾年前，我就看過文庫本的《宮部美幸作品解說》，圖文並茂。這類書要是有出版社願意推出，其地位可想而知！小說作為主流文類，確實可以讓讀者沉迷故事的虛構世界，但無法認識作者的生活世界，因此閱讀此書倒可以了解作者的日常生活，同時欣賞她運用古今交錯的手法，呈現「江戶紀行」。

本文作者簡介——辜振豐：寫作、演講、任教於板橋社區大學。著有《布爾喬亞：欲望與消費的古典記憶》、《歐洲摩登：美感與速度的現代記憶》、《時尚考：流行知識的歷史秘密》等。

開場白

這本書有個奇特的書名「平成徒步日記」，也是在下宮部美幸發表的第一本非小說作品。關於本書完成的經過，本人將本著愛發牢騷者特有的執著，隨時隨地在字裡行間嘀咕幾句，相信大家讀完全書後必能窺其全貌。本書的內容正如書名所示，是作者用兩隻腳走出來的（寫到最後甚至變成了美食旅遊，真不好意思），而我平日書寫小說不需走遠路，就算出門採訪，活動範圍也很有限，所以用腳書寫的經驗可說是我生平頭一回。

書中雖然滿紙怨言，矛盾連連，但我還是期待這本內容跟書名同樣奇特的作品能激起讀者「到江戶去逛逛」或「去遊覽一下東京」的興趣。如果大家肯順手把這本書塞進皮包或口袋，帶著一塊兒出遊，那將是我最大的榮幸。

寫到這兒，我想起「徒步日記」系列文章剛開始在月刊《小說新潮》連載時，有幾位責任編輯把「徒步日記」念成「おとほにっき」＊。我聽了不免嘆道：怪不得！因為自己使用多數筆耕工作者愛用的文書處理軟體「一太郎」鍵入「かち」，電腦螢幕也打不出「徒步」二字。於是我又試圖從國語辭典裡尋找答案，那本字典是三省堂新明解國語辭典（第五版）。

かち【徒】

㈠表達「徒步」之意的高雅說法。
㈡〔徒侍〕江戶時代未被允許騎馬的下級武士。

這就是辭典裡的解釋！嗯，原來我選擇的是一種高雅的說法！雖說書中的徒步之旅跟「高雅」二字扯不上關係，但看了這項說明，心底還是湧起一絲竊喜。

本書的系列文章開始連載及出版單行本之際多虧各界鼎力支持，特別是善寫歷史時代小說的諸位前輩都告訴我：「你那企畫很有意思。加油！多走些地方吧。」各位充滿暖意的鼓勵真的帶給我無限的勇氣。我願借這開場白的一角，向眾位前輩表達由衷的感激。

好，言歸正傳。現在就請大家跟我一塊兒踏上「徒步」之旅吧。出發之前，別忘了把您的鞋帶繫緊喔。

㊟本書原日文書名為《平成御徒步日記》。「御徒步」的日語發音有兩種：おとほ（OTOHO）或おかち（OKACHI），作者選擇後者。

第一回

盛夏的忠臣藏

平成六年七月二十二日

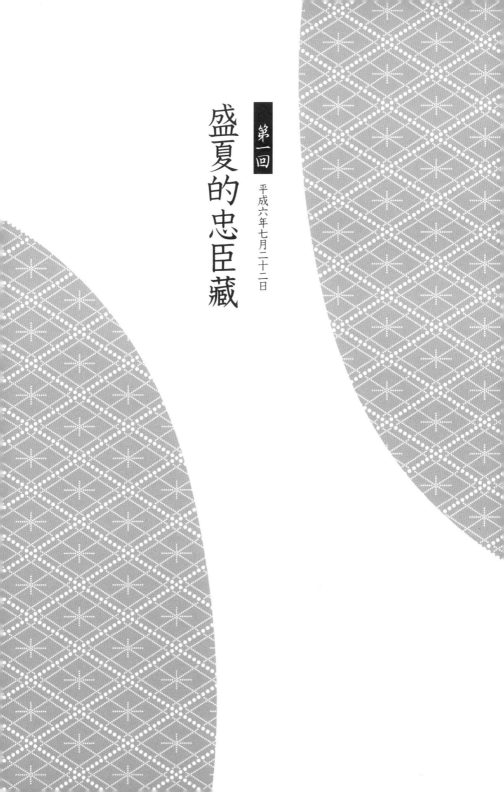

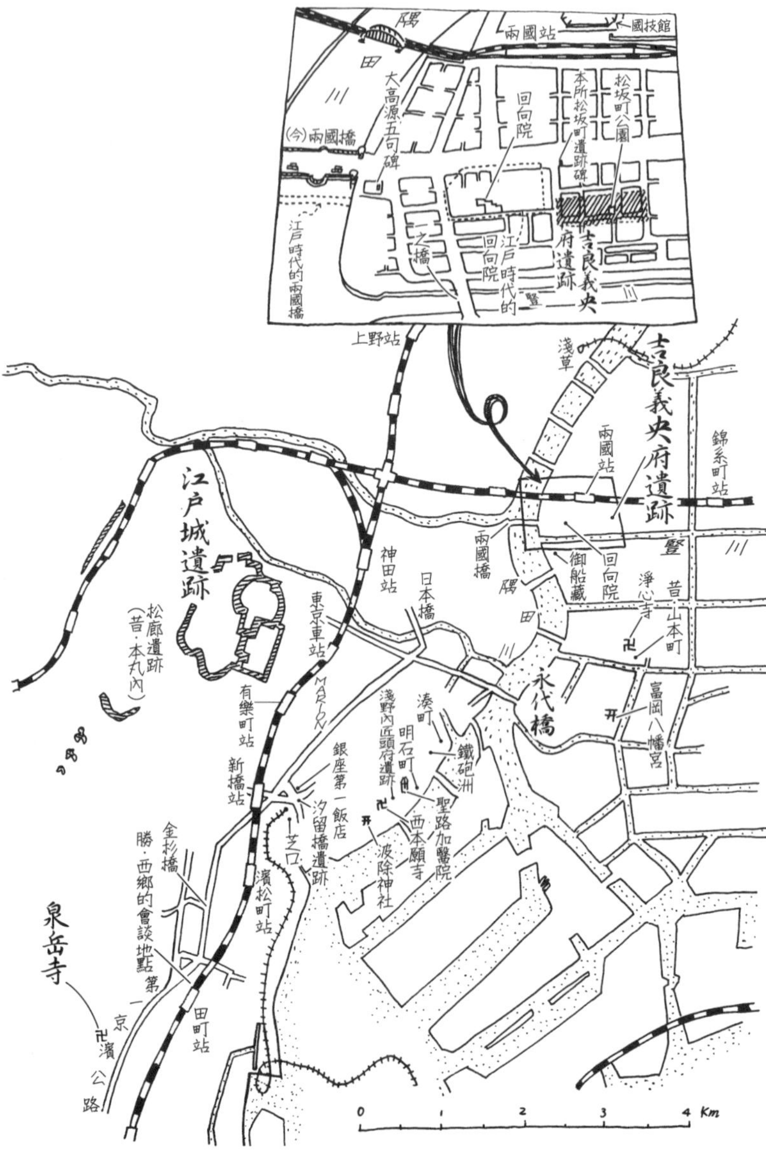
隅田川
兩國站
國技館
大高源五句碑
本所松坂町遺跡碑
松坂町公園
回向院
(今)兩國橋
江戶時代的兩國橋
一之橋
江戶時代的回向院
吉良義央府遺跡
豎川
上野站
淺草
吉良義央府遺跡
錦糸町站
兩國站
江戶城遺跡
兩國橋
回向院
御船藏
豎川
神田站
日本橋
隅田川
淨心寺
昔山本町
東京車站
松廊遺跡(昔·本丸內)
有樂町站
MARION
永代橋
富岡八幡宮
淺野內匠頭府遺跡
湊町
明石町
鐵砲洲
銀座第一飯店
新橋站
汐留橋遺跡
芝口
聖路加醫院
西本願寺
波除神社
金杉橋
勝·西鄉的會談地點
濱松町站
泉岳寺
第一京濱公路
田町站
0 1 2 3 4 Km

1 為何我拋開憂慮，在炎熱的盛夏從兩國走到高輪？

這段文字的題目很長，長得簡直有點不正常，但我還是想先向讀者說明一下本書的出版緣起。若不把這段緣由交代清楚，在下宮部和新潮社三位共襄盛舉的先生肯定被大家看成天下第一大傻瓜。

本人宮部美幸平日除了專心寫作現代推理小說外，有時也寫些以江戶時代為背景的推理小說和庶民故事，但老實說，書寫江戶小說有個最叫人頭痛的問題，就是「時間感與距離感」。因為時鐘在從前那時代並不普及，市區內各處雖有鐘樓報時，但報的只是大概的時間。據說有時某人在A地聽完六刻①鐘響後，走到半里②外的B地時又會聽到六刻鐘響。因為對當時的百姓來說，時間是可隨個人需要而調整的，日常活動所依據的指標並不是時間，而是太陽多高了、月亮多斜了？像我這種整天關在屋內的人，實在很難想像從前的時間感，更何況，在我僅有六個榻榻米大的工作室裡還放置了八個鬧鐘。

如果說，小說人物始終待在原地不動，那倒也不會有問題，問題是故事主角開始邁步向前時，我的麻煩就跟著來了。譬如小說的女主角是個平民姑娘，我必須讓她從深川淨心寺後方的山本町走到日本橋的萬町，這時我就得一手抓圓規，一手翻開古地圖來回打量，腦中還不斷念叨著「哎！那就走這條路，然後經過這地點吧……」、「要假設她走了多久呢」。我暗自思索，愈想愈煩，很快就頭疼起來。

但好在我立刻想起「一里一小時」這句俗語，這句話正是為了跟我同樣煩惱的作家而準備的，大家如要計算距離與時間，就可用這句話作為指標。「一里」等於現在的四公里，這句話的意思就是說，步行四公里大約需要花費一小時。不過這數字是包括男女老幼在內的平均值，若換成年輕人，步行速度應該更快吧。而且各人步行速度也隨職業而有所差異，所以這些因素我們都必須考慮。

不僅如此，這句俗語雖然方便好用，畢竟只是紙上談兵。更可悲的是，沒有駕照的我也無從想像「汽車時速××公里就是這樣」的感覺，所以就算我明白「一里一小時」等於「時速四公里」，腦中仍是一片空白。我究竟該如何是好？

還是親自去走一趟吧？

現在回想起來，這想法第一次躍入腦中，大約是在六年前。那時我才剛剛躋身作家行列，工作和收入少得可憐，時間卻有一大把。於是挑個溫暖如春的日子，腳蹬運動鞋，腰掛計步器，再把皮包斜掛肩頭，我便豪氣萬千地踏上了征途。那天的路線是從日本橋走到門前仲町的富岡八幡宮。然後來在同一個月之內，我又從有樂町MARION前出發，越過兩國橋，一路走到JR錦系町站。所以我前後總共出門探險過兩次。

你大概瘋了吧……或許有人這麼想，但親愛的讀者請聽我說，這兩次徒步之旅都讓我玩得很開心。也正因為這兩次愉快的記憶，才有本書的系列企畫誕生。

記得去年春天，我在《小說新潮》雜誌上發表了一篇〈深川散策記〉。平日仗著自己對深川附近地形熟悉，我總是當仁不讓地宣示那地方是「我的地盤，我包了」，但其實自己對深川的地理和歷史實在所知有限，而那篇文章也充分展露了我的淺薄和無知。或許各位讀者的記憶裡還有些印象吧？不過出人意料的是，那篇文章居然獲得眾多好評，撰寫文章的我也深感其中樂趣，因此，今年《小說新潮》編輯部的責任編輯江木先生問我「要不要再寫篇續集」時，我便向他提議：「我們再去一次那種遠足吧？」

老實說，我可是心懷不軌的。因為那時我剛好又盤算「再把皮包斜掛肩頭到各處去閒逛一番吧」。只不過我的計畫是獨自行動，也就是說，我那時是打算自費漫遊啦。

不過呢，如果背包行能變成寫作企畫的話……哇！那我就可不花一毛而漫遊天下啦！而且又能增長見聞，對吧？這可是天大的好事！

「走路去喔？」江木先生立即面露難色，我絞盡腦汁想要說服他。如果是我獨自行動，只是一個人隨處閒逛也就罷了，但要把幾位責任編輯都拉進來，還是得給他們找個名正言順的理由。要找個什麼理由呢……

我突然靈光一閃。「譬如《忠臣藏》③裡赤穗義士復仇後返回泉岳寺的全程，我們去走那條路怎麼樣？」我說。

「或許很有意思喔。肯定沒人做過這種企畫。」江木先生說。

怎麼可能有人做嘛？這種企畫毫無意義。看得懂古地圖的人根本不會去幹這種蠢事！但這種蠢事卻讓我雀躍不已。三月中旬的某一天，我跟江木先生談完後從咖啡館走出來，心裡不斷祈禱著：要是企畫案通過就好了。

之後，又過了一段日子，梅雨季來了（今年是個沒雨的梅雨季），江木先生打電話告訴我說：

「那個企畫，決定要做了。我們就去走一趟赤穗義士復仇回程之旅吧。」

「哇，太好了！那，什麼時候去？」

「我問過總編輯了，說是為了趕上月刊截稿日，七月中旬怎麼樣？」

七月中旬？我沉默不語。

這種乾旱的梅雨季，這麼炎熱的天氣，照現在這狀況推測，七月中旬肯定熱得像在火爐裡吧……

「天氣是很熱啦。哈哈，不過走完全程後喝下的那杯啤酒，味道肯定很好呀！」江木的語氣有點自嘲。事已至此，我也不好打退堂鼓，只能發出一連串「哈哈哈」的笑聲，並鼓起勇氣做最後掙扎。

「不過啊，真要講究起來，還是十二月十四日深夜④再去比較好吧？」

我試探地說。江木答：

「如果想嚴格地徹底重現當時情景，那還應該穿上鎖帷子⑤去走那段路呢。所以這些就別那麼講究了。」

「也對，說得沒錯。」我趕緊順著他的話找臺階下。萬一他一咬牙豁出去，不止要穿鎖帷子，還叫大家「乾脆先到哪兒來一場復仇決戰之後再去泉岳寺吧」，那可就糟了。我才不想變成業界的眾矢之的呢。

所以，經過了這番波折，企畫執行日就定在七月十五日。萬一中暑了多可怕呀……我戰戰兢兢地數著日子，先到商店街買了帽子，又買了陽傘，大澤事務所的河野小姐Ⓐ勸告我：「最好買副太陽眼鏡喔！」接著，我又猶豫：要不要買個水壺呢？而日子卻毫不容情地一天一天過去……

然而……

就在這無聊又費勁的企畫即將付諸實踐的一星期前，七月八日那天，意外發生了。率先發起這項企畫的我，突然被救護車送到醫院去了！

這下簡直鬧得人仰馬翻。我生平第一次坐上了救護車，心裡覺得丟臉極了。附近鄰居都跑來看熱鬧……

好在這次意外只是丟了面子，病情並不嚴重。醫生診斷病名為「腎臟結石」，其實就是尿道結石啦。只因「尿道」兩個字寫出來不好看，所以改用「腎臟」。這毛病簡單地說，就是身體裡面有石子，石子排出體外之前，患者會肚痛得不得了。據說膽結石也是一樣。還好我這次運氣不錯，只痛了三小時，石子就排了出來，之後就像沒事兒似的，一點也不痛了。我當天在醫院住了一晚，第二天下午已可出院回家。所以這種疾病（也有人認為根本不是病）只算一種物理症狀而已。不過聽說有些患者痛一、二個晚上，石子還是排不出來。

結石從體內排出之前的那種疼痛，可真是要人命。有人形容「痛得東倒西歪」，我看應該說「痛得死去活來」才對。但我最痛的時候至少還能跟急救人員、醫生、護士對話，也能自己行走，或許我這種程度還是輕微的吧。據說有些人痛起來冷汗直流，一句話也說不出來，連注射止痛劑都沒用，醫師也束手無策，最後只能施以全身麻醉。聽起來滿嚇人的吧？

總之，我在醫院恢復到能拖著點滴架咯啦咯啦到處行走後，便打電話向河野小姐報告，並拜託她說：我的病情雖不嚴重，但為了謹慎，希望下週的徒步企畫順延幾天。河野小姐立即應允，把企畫執行日向後延了一週，決定在二十二日實施。

順延的這星期裡，我定期到醫院回診。最後一次診察完畢後，醫生對我說：

「看你這X光片，體內還有石子喔。不過與其吃藥，不如多喝水，多走路，讓石子自己排出來，才是最好的辦法。你就去徒步漫遊吧。如果不痛的話，也不必再到醫院了。」

喔……正合我意！醫生叫我多走路，不正給我們的企畫又找到一個冠冕堂皇的理由？

「醫生准我出門嘍。不，應該說，醫生命令我要多走路。」
「那很好啊。對了，這是您第一次住院吧？有什麼感想？」
「醫院建築雖然老舊，倒沒想到護士小姐都是美女。我大吃一驚哩！就連端飯送菜的實習護士（我猜大概是實習的）都長得像偶像明星。」

江木先生聽了我的回答後是什麼反應？為了維護他武士的顏面，我決定幫他隱瞞。但我發誓絕沒欺騙讀者，如果讀者當中有人想要打聽那間醫院的地址，請寫信詢問新潮社。

總而言之，我們這企畫對外打出「用腳體會江戶人的距離感」招牌，背後卻隱匿著另一個遠大目標：「幫宮部美幸小姐治療腎結石」。經過如此這般幾番波折，到了七月底那個豔陽高照的日子，乾旱的梅雨季總算結束了。氣溫從一大早就升到三十多度，我們的徒步之旅就此拉開了變幻莫測的序幕Ⓑ。

2　從回向院到永代橋——原來本所、深川不算「江戶城」

元祿十五年十二月十五日清晨，赤穗義士攻下吉良府第之後，是走哪條路前往泉岳寺的？

關於這個疑問，我參閱過兩份資料，一份是原惣右衛門（當時五十五歲，擔任赤穗藩臣時的職務是足輕頭⑥）撰寫的《征討實況備忘錄》，內容如下：

因正值御禮日大典，故回程路徑避開市井大道，改走御船藏後方道路，自永代橋出發後向鐵砲洲前進，沿途經過汐留橋、金杉橋、芝，以至泉岳寺參拜。

這段文字裡的「御禮日」是幕府規定舉行晉謁大典的日子。每月十五日，設籍江戶的大名⑦和旗本⑧按照慣例必須進入城樓拜謁將軍。所以當天四十七義士衝出吉良府，若直接朝向大川方向奔去，在越過兩國橋和新大橋之後，就得從江戶的市區中心穿過。這條路上很可能遇到那些正要進宮的大名。前述文字裡的「避開」，我認為可以解釋為義士不願故意引起混亂。此外，還有一種可能，也純粹出於我的想像，我認為四十七義士或許有所顧慮，因為他們雖為自己的主公報了仇，但高舉著剛剛砍下的吉良首級，在大路上跟那些正要進宮的大名和旗本正面相遇，弄得「血汙遍地」，畢竟有失禮儀。

另一份資料，是富森助右衛門（當時三十四歲，赤穗藩臣時代的職務是馬迴使番⑨）留下的《富森助右衛門筆記》，文中也寫道：

「回程因值御禮日大典，故避開市井大道，改走本所御船藏後方之路，從永代橋經鐵砲洲、汐留橋、金杉橋，至芝泉岳寺參拜。」這段文字和另一份資料的記述相同。而且兩份資料都是當事人親筆所寫，所以應該不會有錯。

我在這裡使用「應該」二字是有理由的。因為有一幅浮世繪很有名，也就是所謂的《義士凱旋圖》，畫中描繪的正是四十七義士剛走下兩國橋的情景。此外，記載當時情況的其他史料也指出，四十七義士曾經從兩國橋上走過（不過，這份資料是口述紀錄）。另一方面，以地理位置來看，從本所二丁目（當時還不叫松坂町）的吉良府要渡到大川對面，兩國橋確實是距離最近的選擇。但可惜的是，我並非史學專家，讀者如要我明確分析眾多路線孰優孰劣，這對我是件難事，我只能優先採用當事人留下的紀錄作為依據。

閒話休提，話說七月二十二日那天，上午十一點，大家相約在本所回向院門前集合。我們選定這裡作為徒步之旅的起點，是因為前面提到的《富森助右衛門筆記》裡有一段記述：「事前約定復仇行動結束後先到無緣寺⑩（回向院）集合，但當天到達院前才發現院門緊閉，無法入內。」當年四十七義士只能在回向院旁的小路上集合出發，而我們那天卻在回向院的門前齊聚，因為現在回向院兩旁早已建滿高樓大廈，連一條小路都看不到了。

我們這群只有四人，跟四十七義士相差甚遠，除了我和責任編輯江木先生外，還有出版部的中村先生、攝影部的田村先生。每次看到背著攝影器材的田村先生，都覺得他這份工作真辛苦，心裡忍不住想對他說聲「抱歉啊……」。不過那天他背來的行李倒是比想像中輕得多，而且江木先生也幫他分擔了一半，我心中的歉疚才減輕一些。

「這下可以把皮膚晒黑啦。」

田村先生很欣喜地抬頭迎著燦爛的陽光說。其實他的皮膚早因打網球而晒得跟木炭一樣了。

「田村先生你多好啊。晒太陽之後皮膚顏色變得這麼好看，我可不行，我晒完之後皮膚陣陣刺痛，不得了。」

江木先生抱怨著。對了，江木先生的皮膚非常白，而且眼珠顏色特別淺，或許天生體內色素就比較少？他上任後第一次跟我見面時，我就暗自琢磨：此人肯定是混血兒！不過事實並非如此。

「因為江木先生是俄國人嘛。」

「對了，對了，他本名叫做尼古拉．恩那斯基喔。」

這兩句話是誰說的？為了維護企畫相關人員的名譽，並避免「新潮社」內部發生糾紛，我還是閉嘴吧。啊唷！我可真沒想到喔。居然叫尼古拉．恩那斯基！

「好，那以後就管江木先生叫做『尼古拉江木』！」

「啊？只有我一個人叫這種名字？太過分了。」

「是嗎？那叫江木恩那斯基也不錯。」

「哎呀……」

尼古拉先生一時語塞，我覺得很有趣，決定給另兩位男士也取個代號。先說田村吧，我是在得到「新潮社」贊助的「日本推理大獎」之後認識他的。那時為了拍攝大頭照，我到他們攝影室，在那兒第一次見到了他。從那之後，我們成了多年老友。他給我的第一印象是：「這位老伯看來就像一頭體格龐大、性格溫和又喜歡親近小孩的聖伯納犬。」後來跟田村先生聊天才發現，他真的很喜歡狗，對待自己的愛犬馬克就像孩子一樣。好！田村先生的代號就定為「馬克田村」吧。

再說出版部的中村先生。其實他比我年輕得多，個性十分穩重，經常說出一些令人目瞪口呆的句子，就像廚師切菜，既快又準。所以我決定叫他「廚師中村」。

「只有我一個人取了這麼奇怪的代號喔。」

尼古拉還想討價還價。這代號很好啊！把它想成俄皇尼古拉多好啊，不是嗎？

「好熱啊～」眾人報口令似的互相打著招呼。還是別再耽擱，先上路再說吧。於是四人一起舉步，朝著四十七義士當年完全相反的方向邁進。我們的目的地是當年的吉良府，也就是位於墨田區兩國三丁目的吉良義央府遺跡紀念碑。

從回向院往東約走三分鐘，街角有塊單間小套房大小的土地，四周被瓦頂海鼠牆⑪圍住。我們要找的那塊石碑就立在圍牆的大門邊。走進木製大門，門內有座伏見稻荷神社⑫，據說當年就設在吉良府內。走近一看，五、六名婦女正在神社前虔誠膜拜。或許是住在吉良町的居民吧。牆內掛著吉良府的手繪平面圖，牆邊豎著一塊小型石碑，以紀念當天伴隨主公一同斃命的吉良家眾家臣，如小平八郎、清水一學等人，碑前也擺滿無數鮮花和供品。

這片屬於吉良家的土地原有兩千五百五十坪左右，建築面積約占八百四十六坪，如果把它跟現在的住宅區地圖重疊對比，這塊龐大的土地占了超過兩塊城市規畫區的面積。當時這裡是民屋與武士宅第雜處之地，吉良家不僅在此建起全新的豪宅，且豪華程度顯然遠蓋四方，真不知住在周圍的庶民心中作何感想？據說四十七義士攻入吉良府之後，第一個跑到上杉家上屋敷⑬報告的人，是住在吉良府附近的豆腐店老闆。如果這個傳聞是真的，那表示庶民當中也有吉良家的支持者。（如果豆腐店老闆是上杉家⑭安插的奸細，自然又另當別論。）

離開吉良府紀念碑後，繼續順著道路向南行進。我們沒走大川⑮岸邊那條顯眼的大路，選了一條資料中記載的「御船藏後方之路」。這條小路較靠東側，跟岸邊大路間相隔了幾條小巷。眾人專心一致朝著永代橋前進。從永代橋渡過豎川⑯，立刻就到了深川，也就是現在的江東區。

各位讀者手邊如有江東區地圖，您攤開看看就能一目了然。江東區跟東京其他二十二區有個最明顯的不同之處，那就是江東區的道路和京都一樣，井然有序地排列成棋盤狀。

大家都知道，江戶城的城區是城下町⑰，城市建設以領主的居城為中心，放射狀向四周開闢道路，並在沿途建造各類建築物。這對大家來說已是常識。事實上，各位瀏覽一下以皇宮為中心的東京地圖就知道，山手線內側的道路幾乎都呈放射狀向外延伸。

既然如此，為什麼只有江東區是例外呢？因為這塊地區是從江戶初期才開始堆積而建成的海埔新生地。「新生地」這名詞聽起來不錯，其實大家心裡都很清楚，這種地方顯然屬於「城下町之外」的範圍。不過，既是人造土地，當然可以把道路鋪得筆直，這樣既易於施工又便於通行，同時還有助於開鑿溝渠，活用水路。大川東側的本所、深川等地納入町奉行所⑱管轄範圍，是在江戶中期以後。或許當時是因為人口增加，戶口變遷加劇，才採取這項維護治安的措施吧。在那之前，這塊地區一直是由代官⑲治理。所以我不得不遺憾地承認，原來深川根本就不算江戶城，而我也根本稱不上是「江戶之子」。

從深川位處江戶城外這一點來看，當年吉良家遷居到大川東側的宅第形同被人轟出江戶城。當時主張讓他遷居的幕府高層幕僚曾異口同聲表示：「有仇報仇，要報仇的人到江戶城外去報！」⑳從這段話裡不難聽出幕僚對吉良發自內心的不屑。但也多虧吉良家當年搬到這附近來，我們現在才能找到義士復仇後的回程路線。因為對比現在的江東區地圖和當時的深川切繪圖㉑就能發現，除了橋梁的位置、數目及城河的長度稍有改變外，其他地區都跟從前沒什麼分別。

今天的氣溫雖高，午前的陽光卻不算炎熱，清風帶來陣陣涼爽，路上景色平凡而單調，走起來並不吃力。當年四十七義士因要對抗追兵，尤其提防上杉家派來的追擊，他們肯定在這條路上快步狂奔吧。而我們今天卻悠閒地像在散步。而且每遇到紅燈，我們就得停下腳步，這也跟當年義士復仇後的情況大不相同。

寫到這兒，我想起一件事忘了向讀者交代。從吉良屋敷到高輪泉岳寺的距離，全程共約十公里，如果按照「一里一時間」的公式換算，這段路程我們應該只花兩個半小時就能走完。但根據紀錄顯示，四十七義士走完全程花了兩小時（清晨六點到八點）。而這兩小時還是在他們跟吉良家眾多家臣火拚之後，且全身從內到外穿著鎖帷子之類的武打裝備，所以就算在戒備追兵的狀態下，他們這種腳程還是遠遠超過「健步如飛」的程度。四十七人當中除了原惣右衛門等二人因腳部扭傷改搭轎子外，其他四十五人都是親自走完全程。

下列數字是四十七義士和我們四人的平均年齡，我並列在此供大家做個有趣的比較。

四十七義士　平均　三十九歲
最年長　堀部彌兵衛　七十七歲
最年少　大石主稅　十六歲

我們這一群　平均　三十六歲
最年長　馬克田村　四十九歲
最年少　廚師中村　二十七歲

而我們四人究竟花了多少時間走完這十公里呢……唉，請聽我慢慢道來。

越過永代橋之後，我們在橋頭的便利商店買了些飲料，走進修剪得十分整齊的護岸公園坐下來小憩片刻。一艘渡船發出「砰砰砰」的引擎聲緩緩駛向東京灣，我望著那艘船，心裡覺得有點意外，沒想到隅田川的景色變得如此美麗。這時剛好是午休時間，周圍的遊人全是辦公大樓的上班族，眾人正舒適地享受著自己的休息時間。只有我們四人肩掛背包，腳踏運動鞋，一身與眾不同的裝扮，難怪大家都向我們行注目禮。

另外值得一提的是，東京市區裡真的到處都是便利商店啊！

3 鐵砲洲的淺野屋敷在哪？廚師中村為何變成性急的寺坂吉右衛門

當初開會時大家就討論過，渡過永代橋之後，順著東海道㉒南下，也就是沿著現在的第一京濱公路往前走，這段路程大概是最難走的。因為從前的切繪圖上看不到現在的明石町、湊町、鐵砲洲、築地等地，即使把切繪圖跟現在的地圖重疊對比，大部分地區也看不出個所以然。

走到隅田川中洲㉓之後，果然，我們在那群高聳的摩天樓左側迷路了。太陽這時開始在頭頂發出強光，好像在向大家宣示：「輪到我登場啦！」我們四人時而退回原路，時而呆立街角，不知如何是好，最後只好按照路邊標示的門牌地址尋找。

「湊町……湊町在哪個方向？」

「鐵砲洲在哪兒？」眾人徬徨無措，茫然互問，白白浪費了大約二十分鐘。

其實我們之所以迷路，主要是因為江戶時代的城渠現在都已加蓋，切繪圖上那些橋梁都找不到了。所幸我們後來發現聖路加醫院前面有個都營巴士車站，只要順著巴士路線一直走就能走到築地，這才解決了難題。更幸運的是，當我們走到鐵砲洲附近時，看到路邊豎著一塊中央區公所設立的「歷史與人的散步道」標示圖，並在圖裡找到「淺野家上屋敷遺跡」的標誌。原來淺野家遺跡就在聖路加醫院的院內，遺跡的位置上也豎了一塊石碑。

眾人萬分欣喜，決定先把午飯解決了再走。於是一同朝向築地一家叫做「更科之里」蕎麥麵店邁進。據說懂得蕎麥麵美味的人特別偏愛這家麵店。我點了一份山藥泥蕎麥麵，清涼爽口，味道極好，再加上店內的冷氣溫度適中，連帶地讓人覺得啤酒特別好喝。

「照這樣看來，我們輕輕鬆鬆就能走到泉岳寺啦。」四人快樂地交談著，氣氛顯得非常輕鬆。

大約小憩一小時之後，我們又從築地轉回原路，繼續朝向聖路加醫院的高塔前進。路上看到一座小型兒童公園，不知是誰說「這裡可以露營喔」。果然園內設有爐灶和公用水龍頭。可是啊，在這高樓林立的道路中央，而且是在水泥地上。周圍不但看不到一棵樹，頭頂射來的陽光簡直能把人曬死呀。要我在這裡露營，還不如在家睡覺呢，我暗自思量，繼而又想，自己眼下做的這件事，跟在路上露營也差不多同樣可笑啦。想到這兒，我覺得頭腦有點清醒過來。

就在這時，忽聽有人嚷道：

「哎呀！竟然在這地方！」是廚師中村的聲音。我連忙朝他跑去，只見草地上有一道鐵絲網圍籬，裡面圈著一塊大石碑，上面寫著「淺野家上屋敷遺跡」。從這兒望見遠處的聖路加醫院十字架高聳天空。

「原來不在醫院裡面啊。」

「聖路加醫院正在進行部分重建工程，這樣圍起來，是為了保存遺跡吧。」

說著，中村拿起相機「喀喳喀喳」連拍了幾張照片。想當年四十七義士走到鐵砲洲這座宅第門前時，一定對故主生出思念之情而感到無限唏噓吧。相對之下，我們四人現在表現得也太興高采烈了。

據當時的地圖所示，淺野家上屋敷位於西本願寺的東南方，住宅的南側和西側各臨一條城渠。據說淺野家主公在宮中闖禍的消息傳來後，全家上下都嚇得驚惶失措，到了晚上，竟有四、五十個住在附近的町人㉔趁黑鑽過南西兩側的水門闖進府來，並強行搶走家具財產。堀部安兵衛㉕接獲門衛報告後，立即提刀驅趕，那群町人這才慌慌張張地逃出去。這雖是一段傳說，但由此可知，不論哪個時代的庶民都是強悍而粗魯的。

拍完照片後，這次徒步活動的成員出版部廚師中村表示要先離去，因為他跟別人還有約會。說完，便丟下了自己最先發現的石碑，一溜煙地跑走了。你這不是跟寺坂吉右衛門ⓒ一樣嗎？我連聲嚷道。望著他那揚長而去的背影，我覺得實在很像趕赴高田馬場的安兵衛，不由得對那背影說了聲：辛苦啦！

不過啊……我們真正的苦難從這時才開始呢。

4 銀座第一飯店裡瀕臨崩潰，第一京濱公路上垂死掙扎

離開鐵砲洲的屋敷，走上晴海通。眼前的我們只剩下三人。午飯剛吃完，酒足飯飽，心情愉快，好不容易走到這兒了，不如到築地的「波除神社」去參拜一番吧。三人齊步穿過正在午睡的批發商店街，來到那大得可笑的大獅子頭前低頭膜拜。直到這一刻為止，今天的徒步之旅都算是挺不錯的。

時間已過下午兩點，太陽更加賣力地射出強光，午前那種涼爽舒適的陣陣微風突然停了，空氣裡唯一還能流動的，只剩下我們身上的汗水。三人的腳步愈走愈沉重。「哎唷，這天氣可真熱！」原本還彼此應和的交談也中斷了。

重返晴海通之後，我們步履維艱地朝向新橋跋涉。汗珠不斷從額頭滴下，汗水多得簡直嚇死人。終於，我停下了腳步。

「找個地方休息一下吧。」軟弱的我要求道。「我可是大病初癒喔。」反正豁出去了，醫生開的良

方也早被我拋到腦後。「就是嘛。」另外兩人馬上深表同感，可見他們也覺得很吃力吧。

看那裡！有人指著前方說。順著那手指望去，只見「銀座第一飯店」的大招牌高掛眼前。哇！有冷氣！我一面連聲嚷道，一面氣喘吁吁地爬上面前的陸橋。走下陸橋奔進飯店大廳的那一瞬，我突然有個想法：謝天謝地，還好我沒生在江戶時代！

在飯店裡點了冰涼的飲料，三人心中各懷鬼胎，不過三顆心想著的事情卻只有一件：「哎！可以改搭早駕籠㉖了吧？」這玩意也就是「的士」，計程車！就算改了說法，心中的鬼胎是無法掩飾的啦。

畢竟是在盛夏嘛，全程步行是不可能的。三人自我解嘲，閒聊著打發時間。大約休息了一小時，這才依依不捨地走出飯店，朝著新橋車站前的人群走去。街上人潮洶湧，我們三人的一身裝扮還是很引人注目。不過三人的腳步卻比剛才輕盈多了，因為在飯店裡吹足了冷氣啊。

「從這兒走到濱松町，然後在那兒搭計程車，怎麼樣？」尼可拉江木提議。好啊！好啊！另外兩人之所以肯立即答應，主要還是因為身體狀況已稍有改善。老實說，剛才奔進飯店的那一瞬，我滿腦子想的都是：「我想回家！」

走過新橋後，三人踏上了第一京濱公路㉗。剩下的路程是一條筆直的道路，應該不會再迷路了。只要在半路留意一下金杉橋就行了！我鬆了口氣，這時才開始思考一個問題：四十七義士走在這一段東海道上時，他們心中作何感想？

既已走到此處，義士大概不再擔心追兵趕來吧。全程到這兒差不多走完了一半，有些義士受了傷，雖說傷勢輕微，但可能也已疲憊得步履蹣跚，躑躅難行。飢餓與寒冷也正在逐漸腐蝕眾人的肌骨。還有那高齡七十七歲的堀部彌兵衛，他還撐得下去嗎？

在這條景色單調的路上，四十七義士之間彼此談了些什麼？據口述紀錄顯示，當時在路上看到這群義士的町人曾留下如下的對話：「他們看起來好像不太累」、「還是很累啦，因為心中的大石放下了嘛」。思索至此，我突然覺得當時的細節或許只有小說家才能想像吧。

這時，另一個疑問又在我腦中浮起：四十七義士的心願已了，他們是否到這時才開始談論內匠頭刃傷事件㉘的真正起因？其實關於這個疑問，世間早有諸多傳說，在此就不再贅述，但我感覺一般流傳的「吉良索賄、欺壓說」似乎已成定論。不論這種推測是否有史實根據，傳說本身確實極具勸善懲惡的魅力。我自己也曾寫過一部跟《忠臣藏》有關的小說《顫動岩》，書寫那部作品時，我完全採納了「內匠頭抓狂說」。但現在我的看法卻有些改變。

若說淺野內匠頭因抓狂而刺傷吉良，我想他當時確實失去了理智，但那跟隨機殺人狂因一時想不開的瞬間爆發式發飆是不同的，內匠頭在擔任敕使供應役㉙那段日子裡，心中早已對吉良累積了無數不滿與反感，所以最後才以那種形式找到宣洩的出口。

而內匠頭究竟為什麼對吉良感到不滿與反感呢？理由其實也很簡單，總之一句話，就是兩人「合不來」。我想這就是唯一的理由。就像以往也有這般事件：優秀的上班族突然拿起金屬球棒打死了平日交惡的上司。這種結果只能解釋為：一對冤家因不幸相遇而造成了悲劇。

特別值得一提的是，淺野內匠頭在十幾歲的少年時代就曾奉命擔任過供應役，當時負責指導他的也是吉良。所以吉良從內匠頭還是純真少年的時候就已認識他。隨著兩人年歲增長，內匠頭在其後十幾年之間成長為三十多歲的壯年，他的自我意識漸強，身為藩主的氣燄與強勢作風也開始萌芽。不僅如此，吉良向來對自己的出身和職位感到自豪，而內匠頭則受生長環境的影響而變得很神經質。

「這孩子從前多麼純樸老實。」

「不要總是把我當小孩，多沒面子！」

兩人心底各有各的壓力，在水面下淤積……

我一路胡思亂想著，轉眼之間已來到金杉橋。我就好像浮在濁水上的釣魚小舟，只能勉勉強強地看見一道「橋」橫跨眼前，待走近一看，才發現那是座非常堅固的陸橋，熙來攘往的大卡車正在路上奔馳。路旁大樓俯視著第一京濱公路，樓身反射著斜陽的光輝，往日的東海道景色，現已完全不復追尋了。

我們繼續向前走，不久，終於有所發現。在地鐵三田站附近的三菱汽車展示中心前面，我們找到一塊圓形石碑，碑上文字顯示，當年勝海舟和西鄉隆盛曾在這裡會談交涉江戶城無血開城㉚。碑文旁附有說明文字，據說當時這座展示中心的周圍全是沙灘，落語《芝濱》㉛的故事就是以這片沙灘作為背景。此刻，這塊閃著夕陽餘光的石碑正站在無人回顧的都市一角，碑上刻著毫不顯眼的兩個名字，而今日東京的繁榮基礎全都是這兩位明治維新的大功臣一手建立起來的。

看完石碑，接著向終點出發，登上最後那段坡路時，大伙兒簡直累得快要斷氣了，不過我們三人最終還是徒步走到了泉岳寺。手表的指針已指向五點半，黃昏已近，泉岳寺的參拜時間早已結束。我們連一根線香也無法獻上，只得脫帽向眾義士招呼道：我們今天是特地從大老遠趕來的唷。

泉岳寺這地方的氣氛很恐怖，或許因為黃昏無人，或許因為這裡埋藏著《忠臣藏》，不，應該說是「赤穗事件」令人不解的謎底吧。

走出泉岳寺後，我們搭計程車到飯倉吃晚飯。據計程車司機透露，從新橋附近走到泉岳寺來參拜的人挺多的。

「大家都想親身體會一下赤穗義士的感覺吧。」

聽了這話，我覺得比較放心了，原來瘋子並不只是我們幾個啊。

以上就是我們順利完成的「兩國～高輪　盛夏的忠臣藏」之旅。由於同行的伙伴裡有人表示「徒步旅遊很有趣」，所以我們今後可能會不定期地進行這類企畫，目前正在討論的企畫主題如下：

・「城內引迴㉜、獄門㉝」之旅
・諸大名登城之旅
・川崎大師參拜之旅（這可是一次長途之旅啊！）
・「堀部安兵衛趕赴高田馬場」之旅
・「江戶日本橋七刻出發至第一宿場㉞」之旅

總之，主題多得令人目不暇給。然而，這群人裡會不會有人臨陣脫逃？我的腎結石又何時才能痊癒？一連串無關緊要的隱憂深藏在我們的企畫裡。各位讀者敬請期待！

※參考文獻

《忠臣藏》第一卷、第三卷（赤穗市總務部市史編纂室）
《元祿忠臣藏——事件的表裡》　飯尾精著（大石神社社務所）
《忠臣藏　元祿十五年的反逆》　井澤元彥著（新潮社）

注釋、解說、後記

Ⓐ**大澤事務所**：在下宮部美幸所屬的經紀公司。這家公司正如名稱所示，原是作家大澤在昌的私人事務所。大澤先生以「新宿鮫」系列小說及其他許多作品深受讀者愛戴而成為暢銷作家。我現在是大澤事務所的所屬作家，作品改拍電影電視劇之類的事務工作都委託事務所代我處理。我們事務所還有一位同事，就是目前氣勢如虹的暢銷作家京極夏彥先生。我能跟這兩位當代極受歡迎的男作家一起工作，著實三生有幸。

不過聽說坊間流傳著許多關於大澤事務的謠言，諸如「他們三個人把辦公桌排在一起寫作喔」、「事務所對作家壓榨得很凶呢」。說實話，這些都不是事實！另外還有謠言說，由於辦公室離位於六本木的防衛廳很近，同一間事務所裡又有三名恐怖的作家，所以各出版社責任編輯都對我們很畏懼，並把事務所叫做「六本木的魔鬼三角洲」。這也純屬小道消息！唯一的真相就是：大澤、京極、宮部等三名作家雖然對外總是擺出不可一世的嘴臉，但在事務所董事長，也就是大澤夫人，還有本書中經常出現的河野小姐面前，我們三人向來都是非常低聲下氣的。真的，絕不騙人！

Ⓑ**酷暑**：讀者是否還記得？我們進行第一次徒步之旅的平成六年（西元一九九四年）的夏天是多麼炎熱？一年後回憶起那個夏天，我曾寫道：「去年那酷熱的季節，簡直令人想用凶暴二字來形容」（參見本書第三章）。真不是騙人的！那年的全國各地平均氣溫、當日最高氣溫，還有熱帶夜天數等各項數據，都不斷創下「氣象觀測以來」的新紀錄，那年夏天也被稱為「百年難得一見」的酷暑。尤其當我看到八月八日《朝日新聞》晚報頭版的大標題時，我不覺暗叫一聲：這可不得了！因為標題寫著「如此酷暑　情況危急／醫師警告：已非日本人的適應能力所能承受」。

Ⓒ**寺坂吉右衛門**：赤穗義士之一。四十七義士攻打吉良上野介㉟府第後轉往泉岳寺，寺坂吉右衛門在半途離隊而去。他的職位是足輕，俸祿等級是三兩二分二人扶持㊱，在四十七義士當中算是階級較低的義士。有關寺坂吉右衛門離隊理由的傳說甚多，有人說他接受大石內藏助的密令，去向主公淺野內匠頭的夫人瑤泉院以及散居全國的同志報告義士起兵的消息；也有人說他只是私自脫逃。

譯注

①六刻：早晨六點或下午六點

②半里：一里約為四公里，半里約為兩公里。

③忠臣藏：江戶時代發生的「赤穗事件」曾被無數文學、戲劇、繪畫作品傳誦，後世將這些歌頌赤穗四十七義士忠義行為的藝術作品一概名為《忠臣藏》。

「赤穗事件」的開端是在西元一七〇一年，即五代將軍綱吉的元祿十四年，播州赤穗藩主淺野長矩在高官吉良義央的指導下負責接待天皇使臣，淺野因不耐吉良的羞辱，在江戶城樓內的松廊上拔刀刺傷吉良，史稱「宮中刃傷事件」。照當時常理來說，武士相鬥，兩者同罪，但五代將軍綱吉只命淺野當天切腹自殺，對吉良卻毫不追究。淺野的家臣深感不公，決定替主公報仇。籌備一年多之後，於西元一七〇二年十二月十四日夜晚，殺入吉良宅第，砍下吉良首級，放在淺野的墓前，告慰主公。參加這次復仇行動的家臣共四十七人，史稱「赤穗義士」，亦稱「赤穗四十七義士」，全都在一七〇三年二月受命切腹自殺。

④十二月十四日深夜：因赤穗四十七義士於十二月十四日深夜前往吉良府復仇。

⑤鎖帷子：以極細的金屬鏈編成的內衣，穿在盔甲下面。

⑥足輕頭：「足輕」相當於現代的下級步兵，江戶時代足輕的地位處於武士最下級。足輕頭即現代的步兵隊長。

⑦大名：大名主的簡稱，「名主」即藩主或諸侯，江戶時代的大名按照出身、官位、俸祿、職位而決定階級順序。

⑧旗本：將軍周圍擔任護衛任務的家臣團，亦即將軍麾下。江戶時代俸祿一萬石以下且有資格面見將軍的武士稱為旗本。

⑨馬迴使番：騎馬的護衛。

⑩無緣寺：拜祭孤魂野鬼的寺廟。

⑪海鼠牆：以石塊貼成整面斜方格花紋的石牆。

⑫稻荷神社：位於京都市伏見區稻荷山的神社，建於西元七一一年，是日本全國各地稻荷神社的本社。

⑬上屋敷：武士家的宅第都叫做「屋敷」，「上屋敷」指大名在江戶城內最靠近將軍家的住宅，距離較遠的叫「中屋敷」或「下屋敷」。

⑭上杉家：上杉家和吉良家是親上加親的關係。吉良義央的長子綱憲的生母是米澤藩主上杉定則的四女，定則的繼任綱勝猝逝而無子嗣，綱憲便繼承了米澤藩主

的地位。後來吉良家後繼無人，綱憲的次子春千代又被送到吉良家當養子，並改名吉良義周。

⑮大川：現在的隅田川。

⑯豎川：江戶時代挖通的人工運河，連接大川與中川。

⑰城下町：以封建領主的居城為中心，在其四周建築發展而成的城區。

⑱町奉行所：「町奉行」的辦公室。「町奉行」是負責掌管江戶城內警政、市政、消防等事務的城內居民，通常自下級武士當中選拔。

⑲代官：江戶時代的地方官，多由將軍的家臣當中選拔。

⑳報仇：報仇在講求忠孝節義的江戶時代是受到讚許的，當時赤穗義士要為主公報仇的消息早已傳遍江戶城。

㉑切繪圖：分區圖。

㉒東海道：江戶時代的五街道之一，從江戶至京都沿太平洋而建的道路，路上共有五十三個驛站。

㉓中洲：河口沙洲地。

㉔町人：江戶時代住在都城的匠人與商人。

㉕堀部安兵衛：淺野家的家臣，通稱「安兵衛」，善打鬥。當時西條藩家臣間因口角糾紛約在高田馬場決鬥。安兵衛因參加「高田馬場決鬥」而聲名大噪。他自承在這場決鬥中殺死三人，後世以訛傳訛，將他塑造成「連斬十八人」的勇武英雄。

㉖早駕籠：速度特快的轎子。

㉗第一京濱公路：即國道十五號線，跟古代東海道的日本橋至神奈川這段路線幾乎完全重疊。

㉘內匠頭刃傷事件：即前述的「宮中刃傷事件」，「內匠頭」是淺野的官銜，一般多稱他為「淺野內匠頭」。

㉙敕使供應役：負責接待天皇使臣的官員。

㉚江戶城無血開城：指西元一八六八年三月至四月，明治新政府軍與舊幕府軍交涉，雙方同意以和平方式把江戶城移交給明治新政府，明治政府方面代表為西鄉隆盛，幕府方面代表為勝海舟。

㉛《芝濱》：古典落語名作。故事內容是說一個喝醉的男人在芝濱撿到錢包，錢包裡裝著巨款，但男人酒醒後發現錢包不見了，妻子告訴他那只是一場夢。男人從此發憤圖強，努力打拚，多年後終於擁有自己的店面，妻子這時才告訴他，當年為了怕他醉生夢死，所以把錢包藏起來了。

㉜引迴：犯人遊街示眾。

㉝獄門：又稱「梟首」，犯人被斬首後，把首級與身體放在板上公開陳列三天。

㉞〈江戶日本橋七刻出發〉至第一宿場：〈江戶日本橋七刻出發〉是一首童謠歌名，七刻指清晨四點或下午四點。江戶時代，全國主要道路的起點是日本橋，出門旅行的人通常在清晨四點從日本橋出發。宿場是旅店聚集處，從江戶至京都的東海道沿線共有五十三宿場。旅行者清晨從日本橋出發後，走到黃昏天黑時剛好走到「第一宿場」品川。

㉟吉良上野介：即吉良義央，因其為皇族後代，封為上野國領主，官銜為「上野介」，一般多稱他為「吉良上野介」或「吉良上野介義央」。

㊱三兩二分二人扶持：指武士的俸祿，「三兩二分」指的是現金，「二人扶持」則為稻米，一人扶持約等於一石八斗。

第二回

犯人遊街不能選季節

平成六年十二月十六日

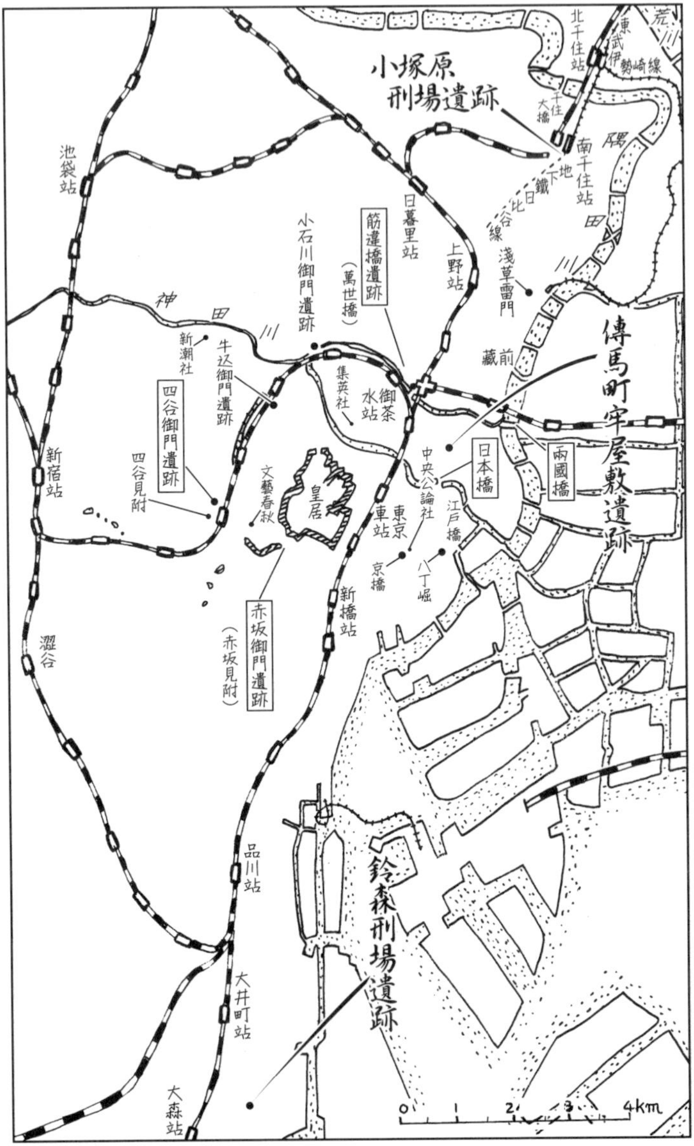

小塚原刑場遺跡
北千住站
東武伊勢崎線
荒川
千住大橋
南千住站
隅田川
地下鐵日比谷線
池袋站
日暮里站
上野站
筋違橋遺跡
（萬世橋）
小石川御門遺跡
淺草雷門
藏前
神田川
新潮社
牛込御門遺跡
集英社
御茶水站
傳馬町牢屋敷遺跡
四谷御門遺跡
四谷見附
新宿站
文藝春秋
皇居
中央公論社
日本橋
兩國橋
東京站
江戸橋
京橋
八丁堀
新橋站
赤坂御門遺跡
（赤坂見附）
澀谷
品川站
鈴森刑場遺跡
大井町站
大森站
0 1 2 3 4km

這回一開頭，我先要鄭重地說幾句話。

請問《小說新潮》編輯部各位先生，為什麼我們這每年兩期的《時代小說特刊》要在盛夏和隆冬出刊？就不能改在春季和秋季出刊嗎？

冬夏出刊也就罷了，為什麼為了這一時瘋狂而展開的企畫，我還得冒著酷暑嚴寒在這江戶城中往來奔走？

唉，也罷！涕泗縱橫的牢騷還是適可而止吧。《平成徒步日記》第二回又跟讀者見面了。當初本企畫如兒戲似的揭開了序幕，誰知付諸實行後才發覺這活動非常有趣，且各方人士爭相走告：「我拜讀你那篇文章啦！」就連某週刊的短評Ⓐ也介紹了我們的企畫。總之，好評已多得有點氾濫，受到諸位讀者的激勵，我現在又笑嘻嘻地扛起背包，重新繫緊了運動鞋的鞋帶。

1　隆冬的引迴

話說我們這第二回徒步之旅要到哪兒去呢？從去年十一月底開始，我跟責任編輯尼古拉江木就在為這問題煩惱。

「嚴格說來，上回算是『武士家』的活動，這次我想選個跟城內日常生活有關的題目……」尼古拉江木說。

「因為出刊是在新年假期嘛，我們到哪裡去初詣①吧？譬如去參拜川崎大師如何？」由於企畫還在籌畫階段，我也就大膽提出建議。

「如果去川崎，還不如去大山參拜②呢。」尼古拉江木故意順著話鋒將我一軍。

「可是這麼一來，新年假期就全完了。」

「是啊！不過這算一條很討喜的路線呀。」

「要說起討喜，這企畫本身就充滿喜氣，夠討喜了。」

在咖啡館裡，我們邊喝咖啡邊討論企畫內容，兩人都覺得很輕鬆。而這心情的理由只有一個：今年冬天是個破紀錄的暖冬Ⓑ。

「其實徒步旅行本來就是隆冬比盛夏省力啦。更何況最近陽光普照，這次一定不費吹灰之力就能走完。」

「就算路程遠一點也無所謂啦。」

我不知中了什麼邪，嘴裡竟冒出這句話。不知天高地厚的我們這時還在暗自竊喜，作夢都沒料到老天爺後來對我們多無情。詳情容我以後再向讀者慢慢道來吧。

「那不如選個跟喜氣相反的，觸楣頭的路線，或許也很有趣。」

「何謂觸楣頭？」

「哎呀，就是上次說過的那個遊街示眾之旅嘛。」

我這才如夢方醒。上回走完「盛夏的忠臣藏」之旅後，我們曾討論下次的路線，當時眾人提出了幾個方案，其中最受歡迎的就是「城中引迴」③之旅。

「電視的時代劇裡判罪時常念的那句『城中引迴，獄門！』④，讀者不是都很熟悉？但真正知道引迴路線的人大概沒幾個吧。在這充滿喜氣的新年去逛逛那些地點，豈不有趣？」

「也對……」

尼古拉江木也漸漸被我說服了。

「如此說來，這次徒步之旅的起點就是傳馬町的牢屋敷⑤，終點則有兩處，一處是小塚原刑場，一處是鈴森刑場。」

「沒錯！但不知當時的犯人是按規定分送兩處刑場？還是隨意分送？……」

「被你這麼一問，我還真不知道答案呢。」

經過一番討論後，第二回的「城中引迴」之旅決定在十二月十六日付諸行動。啊！這回可輕鬆了！我們連連感嘆著走出了咖啡館。屋外晴空萬里，大太陽照得我們全身暖洋洋的，大家都滿懷期待地準備出門遠行。

然而……

我們這企畫的「然而」也真多！而且每次出現的「然而」，都給我們帶來致命打擊。這也可說是本企畫的特色之一。

事前準備會議結束後過了幾天，我接到了尼古拉江木打來的電話，他的聲音聽來異常沉重。

「我做了些事前調查的功課……」

「哇！多謝！查到什麼嗎？」

當時的我正廢寢忘食地忙著替別家出版社寫稿。因為年底各出版社都調整了出版進度，所有的截稿時間都提前了。接到電話時，我根本還沒研究過「城中引迴」的實際狀況，所以聲音顯得很悠閒。

「是這樣的，遊街示眾的路線有兩條……」

原來其中一條路線叫做「江戶中引迴」，這是指從牢屋敷出發，最後回到牢屋敷的路線，遊街之後的處刑地點當然也在牢屋敷裡面。這條路線的沿路順序是：

「從牢屋敷後門出發，經小傳馬町、小舟町，渡過荒和布橋、江戶橋，至元四日市町、本材木町一丁目，再渡過海賊橋，經坂本町河岸通、八丁堀、北紺屋町、岡崎町、松屋橋，經過因幡町通、南傳馬町，渡過京橋，直至芝車町後從此處折返，沿路再經過同所通新町，渡過同所三田赤羽橋，過森本町、飯倉町、溜池端通、赤坂田町、四谷御門外、市谷御門外、御堀端通，之後，左轉經過牛込御箪笥町、同所通寺町，牛込御門外、小石川御門外、御堀端通，至水戶殿屋敷旁再向右轉，登上壹岐坂，經過本鄉御弓町、同所春木町、湯島切通町，至上野山下後再經下谷廣德寺廟前通、淺草寺雷門前，直至淺草今戶町，從此處折返，經御藏前、淺草御門、馬喰町，最後到達牢屋敷後門。」

這段路程裡有很多現存的地名，所以我立刻明白了大致方向。這條路線就像名稱所指的「江戶中」，是在當時江戶城裡繞城一周，而且是在今天東京的都心裡繞了很小的一個圓圈。

「這條路線都在城裡嘛，而且又沒到刑場，有點無聊吧。」我依舊抱著輕鬆的態度回答。若不是碰上這種機會，我一輩子也不會到小塚原和鈴森去的，一定要趁此機會好好兒看看……

尼古拉江木說：「可不是嗎？所以，我又找到另一條路線。」

另一條路線叫做「五地點引迴」：從牢屋敷出發後，途中經過日本橋、赤坂御門、四谷御門、筋違橋與兩國橋等五個地點，最後到達刑場，也就是小塚原刑場或鈴森刑場。以上五個地點分別設立一塊木牌，名為「捨札」，牌上寫明犯人的姓名、年齡和罪狀。從這點看來，江戶時代的犯人遊街示眾倒是有點像定向越野賽跑。

「就選這條路線吧。去走『五地點引迴』路線好了。」我說。

「我也覺得這條線比較好，只是啊，猜猜看，全程總共幾公里？二十公里！」

二十公里！

我瞪大了眼睛。

「這麼遠！」

當初會想到引迴之旅，因為我（猜想責任編輯尼古拉江木大概也跟我一樣）並沒把這條路線放在眼裡，而且還自以為是地假設「這種路線應該不會很長」。我腦中一直有一種單純的想法：當時犯人遊街示眾並沒有特別的目的，只是利用牢屋敷到刑場這段路程，讓途中的過往行人看清犯人的嘴臉。

但事實卻非如此。因為「引迴」本身就是活動的目的，其一，是要昭告天下：「看啊！犯人已經落網，大家大可放心了。」其二，是要警示大眾：「做壞事就會落到這種下場喔！」

「從前行刑要花一整天的工夫喔。」尼古拉江木說。

「江戶人真夠執著的！」我驚訝得說不出話來，連忙像小孩似的嚷道：「我不要去了！」

「那可不行！」尼古拉江木立即駁回。「不過我們只在都心裡閒逛也很無聊，所以這次活動以刑場為重點好了。路上定會適時地讓你坐上早駕籠啦。況且現在天也黑得很早。」

聽了尼古拉江木的話，這才放下心來。後來仔細一想，日本當時是由德川幕府統治，亦即所謂的軍政統治或警察統治國家。原則上，那種政治體制下的刑罰原本就很嚴厲，也必須以公開方式進行。換句話說，當時那種恐怖政治當然會花很多時間把犯人拉出去遊街示眾。

好在今年是個暖冬……我不斷安慰著自己，同時引頸期盼那一天到來。

2　毒婦美幸從小傳馬町出發了

日月如梭，很快就到了企畫執行日十二月十六日。

早上一起床就發現天氣冷得不得了。颼颼北風狂吹不已。據氣象報告指出，今天的氣溫比往年的平均溫度低了三、四度。

暖冬跑到哪裡去了！

我嘀咕著套上毛衣出了家門，走到半路，先繞到便利商店買了幾個暖暖包，這才趕往營團地鐵日比谷線小傳馬町站，跟月臺上的尼古拉江木和攝影師馬克田村會合。為了買那幾個暖暖包，我還遲到了。

這次徒步之旅只有我們三人參加。三人今天都穿著厚厚的大衣，外加運動鞋和背包，但頭上戴著帽子的人只有我一個。又不是夏天！兩位先生異口同聲說道。可是我覺得帽子也是保暖工具呀！聽說尼古拉江木上次還為了戴帽發生一件糗事。那天，他戴著遮陽帽正要走出家門，夫人攔住他說：「你戴了帽子好像怪叔叔喔，別戴了！」

見面後，三人一齊登上小傳馬町站的階梯，爬上地面之後向左轉，前方有一座小型公園，四面被高樓團團圍住。公園的名字叫做「十思公園」，欄杆裡面站著一塊木牌，上面寫著「傳馬町牢屋敷跡」。現在的小傳馬町站附近早已改建為宏偉鮮亮的辦公街，路面寬敞開闊，一大早就有許多車輛在路上往來奔忙。「十思公園」的面積只占當年牢屋敷總面積的一部分，其餘部分已埋在附近那些辦公大樓的地下。車站周邊的環境十分熱鬧，聞不出一絲「史蹟」的嚴肅氣息。

這裡最早建起牢屋敷的年代是在慶長十一年（西元一六〇六年）。而德川家康受封為征夷大將軍是在一六〇三年，江戶城建造完工是在一六〇六年，依此推測，或許時間上稍有差距，但江戶幕府幾乎一開府就立刻建起了牢屋敷。據說這座牢房建成之前，江戶的犯人全關在常盤橋附近的一棟建築裡。

今天的傳馬町在當時已經劃入市區之內，據《續・時代考證事典》⑥記載，牢屋敷周圍能聽到獄中囚犯話語之聲的地區，地價和店鋪租金都很便宜。可見一般居民也不喜歡住在牢房附近吧。

以前我一直以為傳馬町的牢房相當於現在的監獄兼看守所，今天才發現我錯得非常離譜。原來從前的牢屋敷根本不是監獄，而只是拘留所。由於當時並沒有「懲役刑」⑦的概念，雖然也有永牢⑧、過怠牢⑨等類似現代的禁錮之刑，但判處這類刑罰的案件都屬特殊案例。江戶時代所謂的「刑罰」只有以下幾種：追放⑩、遠島⑪、入墨⑫、磔刑⑬、獄門。所以當時關進牢屋敷的囚犯不是正在等候定罪，就是已定了罪正在等候判刑，或是已判了刑正在等候處刑。

據說當時牢屋敷裡設有刑場，且毫不掩飾地直接叫做「切場」。換句話說，前面所說的「江戶中引迴」結束後，死囚立刻就被拉到這「切場」去斬頭。也難怪附近居民都害怕跟牢屋敷為鄰呢。

至於我們即將親身體驗的「引迴」，其實只是一種附加刑，也就是附加在主刑之外的刑罰，所以單獨把囚犯拉出去遊街這種事是不可能發生的。原則上，只有被判「死刑」（砍頭、斬首）以上刑罰的囚犯才會被拉去「引迴」。

除了「引迴」之外，附加刑還有以下幾種：

「鋸引」——在路面挖洞活埋犯人，並讓過往行人用鋸子鋸下囚犯的腦袋。（好可怕呀！真有人去動手鋸嗎？）

「晒」——殉情未遂的情侶、勾引婦女的僧侶等犯人被迫坐在橋上之類人潮擁擠的地點，身旁豎立一塊前面說過的「捨札」，名副其實地晒在眾人面前。（如果換成現代，電視大型綜藝節目一定會跑去做實況轉播吧。）

「闕所」——沒收財產。（這種刑罰在現代某些情況下似乎也很有效喔。）

以上都是所謂的「附加刑」。

另外還有幾種比「死刑」更重的刑罰：

「磔」——把犯人綁在十字形木架上，用長矛刺死。

「火刑」——如磔刑犯人一樣綁在十字形木架上，再用火燒死。也就是所謂的「炙刑」。縱火的犯人就會遭受這種刑罰。

「獄門」——斬首後再將犯人的首級陳列在刑場。

怪談電影裡經常出現這種畫面：陳列臺上的首級突然啪地一下張開了眼睛……

「對啦！宮部小姐，您今天犯了什麼罪呢？」

三人正要走出小傳馬町站時，馬克田村突然問我。

「現在我們不是要去引迴？那您的罪狀是什麼啊？」

哎唷唷！我倒忘了。對呀！什麼罪狀呢？

「就叫毒婦美幸吧？」

說到這兒，三人頓時興奮起來。

「毒婦！好懷舊的字眼喔。現在已是死語啦。」

「高橋阿傳Ⓒ！」⑭

「那我幹了什麼壞事呢？殺人？偷盜？」

看過電視劇《遠山金四郎》⑮的人很容易產生一種錯覺，以為江戶時代判刑輕重是隨奉行⑯大人的喜好而決定。其實這是嚴重的誤解。江戶時代對於罪狀和量刑的標準規定得十分明確。譬如死刑犯如果想被拉去「引迴」，就必須具備下列幾種罪狀：

- 侵入他人住所或倉庫超過五次以上，不論是否偷盜物品。

・縱火未遂。
・販賣偽藥。
・辻斬[17]。
・飛腳[18]半途拆開書信，或把金幣箱的封印弄壞……

「引迴」外加「獄門」的罪行如下：

・收下養育費之後拋棄養子[19]。
・私通主母。
・殺人劫物。
・販賣毒藥。
・製造偽秤。
・謀殺公公、伯父、伯母、兄姊。（難道殺死婆婆和弟妹就沒關係？這種謀殺尊親罪規定得好極端啊！）
・謀殺老闆、保人（擔保人）、村長……

「引迴」外加「磔刑」的罪行如下：

・謀殺親夫的淫婦。
・偽造金銀。
・殺傷主人等。(只是殺傷也判死刑，好恐怖唷。)

以上這些罪狀都不合我意！但如果只是製造偽秤之類的小罪，哪夠資格叫毒婦美幸啊。
「還是殺夫罪吧。假設我在味噌湯裡放了很多很多石見銀山的老鼠藥⑳。」
「私通姦夫謀殺親夫！不錯喔。」尼古拉江木和馬克田村兩人興奮地嚷道。
可惜被抓到了！身為推理作家的我心裡有些不滿，但也懶得計較了，就這樣吧。算我謀殺親夫好了。什麼？您問我姦夫如何了？逃跑啦！
所以謀殺親夫的毒婦美幸現在就要被押往刑場了。

3 「引迴」途中趣事多

上路之後，我們三人先朝新橋方向走去。
「對了，馬呢？」這回輪到我出招了。「引迴的犯人不是都倒騎在光溜溜的馬背上？」

本想利用這機會少走些路，誰知竟沒人理我。這時另一個人提出有趣的疑問：「您說倒騎馬背，可是我看當時那些圖片，犯人的臉孔都朝向前方唷。只有電影和電視劇才讓犯人面向後方。到底哪種才是正確的騎法啊？」

以江戶時代「引迴」為主題的圖畫現在還保存著很多，畫中除了引迴的情景外，還可看到磔刑或火刑犯人被綁的模樣，以及磔刑現場囚犯與群眾的位置，但所有圖片裡的囚犯都是臉孔向前騎在馬上，並有手持長矛的衙役在馬前引導。

這種以警示大眾為目的之「引迴」最早始於平安時代。當時這種活動稱為「遊大街」。根據「平凡社」出版的《大百科事典》指出，當時都城（指京都）被判流刑的囚犯即將離家遠行時，通常是騎馬或坐轎（身分較高人士）倒退著從家門口走到都城的郊外。但前面列舉的判刑標準如果屬實，江戶時代應該不可能有「引迴加遠島」之刑，所以「騎馬倒退」的行為或許也不存在。

另外還有個有趣的疑問：「犯人依據什麼理由被分別送往小塚原或鈴森刑場？」這問題我在前面也曾提及，但我和尼古拉江木後來查遍了各種資料，直到現在都還沒找到確切答案。我也想到一種毫無把握的推論：或許在江戶城西部犯了罪的人送到鈴森刑場？在東部犯罪的人則送到小塚原刑場？但後來又發現很多案例證明事實跟這種推論相反。所以對這個疑問，如有哪位讀者知道答案的，請您不吝賜教Ⓓ。

話說我們三人穿著一身郊遊野餐的服裝走上聖誕將近的街頭，繁華熱鬧的氣氛裡，我們這副模樣顯得格外刺眼。我不免好奇地想：當年那些走過這條大路的引迴行列，他們那時又是怎樣的裝扮？根據資料指出：

「南北町奉行所㉑各派一人、與力二騎㉒，每位與力各帶兩名同心㉓一同執行任務，犯人身縛繩索騎在馬上，二十多人手持出鞘長矛與捉捕工具等物在前後戒護，隊伍最前端高舉寫著罪狀的紙旗與木製捨札。」

「關於這面紙旗，有個很有趣的故事喔。」

我們走在銀座街頭聽尼古拉江木解說。

「前面說過，雇員只要把雇主殺傷，就得判引迴外加磔刑，對吧？但如果過失是在雇主那方，雇員豈不是太可憐了？」

「嗯。碰到這種情況，是否能酌情減刑呢？」

「不行！但據說在行刑後，地方主管會交給受傷的雇主一面紙旗，旗上列出雇員的罪狀，而雇主收下這面紙旗後不許扔掉，必須好好兒收藏，否則麻煩就大了。因為以後地方主管還會派人來檢查，叫做『查紙旗』，看雇主有沒有把旗子妥為保存。」

這可真驚人！江戶時代的刑罰好狠毒啊。

「換成現代話來說，這表示雇主也有『監督不周』的過失，當時制度已規定雇主也必須負責。每收到一面旗子，就表示雇主有過一次違規紀錄。」

「對！對啊。那雇主一定不喜歡收到這種旗子吧？但是，又不能拒絕。」

聽到了這些趣聞，我覺得好像已夠寫一篇名為《令人痛恨的紙旗》的短篇小說了。

其他有關引迴的趣事還有很多，譬如引迴的全程幾乎要花費一整天的時間，囚犯走到半途可能會想上廁所，或口渴、肚餓，碰到這種情形的話怎麼辦呢？

「據說沿途都會讓犯人適時地小憩片刻，再說因為是送上黃泉路嘛，只要犯人想要的，大致都會滿足他的心願。」

所以囚犯若是耍賴說要吃香喝辣，可能不至於罵他「混蛋」當場拒絕吧。

據說還有更離譜的故事：有一次，引迴的隊伍正在前進，路旁看熱鬧的人群裡有個抱著嬰兒的年輕母親，犯人看到母親正在餵奶，便開口表達心願：「我要喝那奶。」（怎麼會有這種人！）諸位讀者您猜，那些公差反應如何？

結果，他們居然命令那母親讓犯人吸了幾口奶。真是太過分了！

但這個故事也告訴我們，對當時的大眾來說，「引迴」是一種公開活動，群眾都是抱著輕鬆愉快的心情來觀賞。若非如此，年輕母親不可能抱著嬰兒來看熱鬧。

「說起『江戶中引迴』也算是一種頗有人情味的活動。據說遊街路線還可繞過被害者居住的地區，並把犯人帶到被害者家屬的面前。」

如此說來，毒婦美幸也會被拉到丈夫的親兄弟面前，聽他們罵一聲：「你這該死的女人！」

前面曾提到「五地點引迴」，這條路線主要是沿護城河環繞江戶城一周，沿途並通過主要城門前的捨札。我們今天的徒步路線全都在市區裡，沿途盡是街景，並無特別之處。百貨公司林立的大街飄逸著聖誕氣息，歲末工作繁忙的上班族正在路上往來奔走。我們一路穿過街頭，覺得自己的模樣有點羞於見人，而且途中閒聊的話題也那麼與眾不同。

「有句俗語說：哼著小曲上刑場㉔，真有這種事嗎？」

「好強不肯低頭的人，自古皆有啊。」

「我們已走過好幾家出版社的門口啦。」

東京的都心有好幾家大出版社，從剛才到現在，我們已走過中央公論社、集英社和文藝春秋社。

「我想到一個主意，如果哪個作家能在一年當中，分別為五大出版社的雜誌各寫一個專欄，我們就給那位作家辦個『五地點引迴』活動，如何？由責任編輯持槍前導，再動員所有編輯站在路邊捧場看熱鬧。」

「最後再拉到半藏門前執行晒刑。」

「正是，正是。」

「這什麼主意啊！豈不是找死嗎？」

一路閒聊打發時間，轉眼間竟已過了下午三點，橘紅色的太陽迅速地落向天邊。若不加緊趕路，等我們到了鈴森和小塚原就沒法拍照了。

於是，三人搭上違規的早駕籠，咻地一下飛到了刑場。

4　刑場是可怕還是可悲？

鈴森刑場遺址現在只剩下一小塊位於道路中央的綠地，四面欄杆圍起，地上有座高大的石塔，上寫幾個大字：「史蹟鈴森刑場遺址」。或許因為周圍視野開闊，又正好趕上夕陽射出燦爛餘暉的時刻，我們站在這兒一點都不覺得恐怖。

「好冷喔～」三人異口同聲嚷道。

載我們來的司機似乎對這裡很熟，一路上既沒走錯方向，也沒浪費時間找路，我忍不住問他：

「您以前也來過嗎？」

「來過啊。」

「這種地方也有人來參觀啊？」

「很多喔。對喜歡歷史的人來說，這地方畢竟是個景點哪。」

刑場遺址的總面積很大，位置就在品川的第一京濱公路邊。越過早駕籠的窗戶往外看，沿途盡是大型倉庫和企業大樓，完全看不出這裡以前是刑場。今天這裡的景色已跟往日截然不同。當年這裡算是江戶的郊區，所以才把刑場建在這兒，現在這裡則已成為東京市區的一部分。

然而，當我們踏進綠地的欄杆後，四周的氣氛卻突然變得陰森森的，或許是心理因素作祟吧，就連那口據說保留原樣的「洗頭井㉕」（井裡並沒有水），還有為了超渡犯人亡魂而設的地藏菩薩的臉孔，都給人陰風慘慘的感覺。但是一轉頭，我忍不住又笑了起來，因為欄杆邊有間商店，有人坐在那兒喝茶休憩。原來這裡變成了觀光勝地！

但在緊鄰商店右側的地面，我倒是找到了證明這裡曾是史蹟的遺物。那是兩塊並排陳列的石墩，據說其中的一塊是八百屋阿七Ⓔ因縱火罪被燒死時用過的，另一塊則在磔刑時用來插十字木架。

用來插炙刑木架的石墩是圓形，磔刑石墩則是四方形，石墩上各鑿一個跟本身形狀相同的石洞。磔刑石墩的體積比較大。

兩個石墩上都供著鮮花，我們三人也低頭憑弔了一番。待我睜眼瀏覽，才發現燒死阿七的那塊石墩旁有一棵夏蜜柑樹，繁茂的枝葉覆蓋在石墩上，掛著果實的樹枝正在寒風裡來回搖曳。

「總不會有人跑到這兒來偷橘子吧。」我說。

鈴森雖已整修成歷史遺跡，環境氣氛反而比從前活潑明亮。只見馬路對面有一棟十四層高的公寓，住戶晾在陽臺的衣物正在夕陽照耀下閃閃發亮。

綠地周圍的欄杆前豎著一根細長木牌，上面依序列出捐款者姓名。他們捐獻的款項除了用在刑場遺跡的整修與維護之外，也用來建了寺廟以超渡那些在此斷魂的短命鬼。我們從木牌上密密麻麻的名單很容易看出，附近居民到此憑弔刑場史蹟時，內心都懷著無比虔誠的敬意。但不論我如何尋覓，卻很難在這兒聞出一絲陰慘的氣息。

然而……另一處刑場又如何呢？

當我們拚命追著落日趕到小塚原刑場，那地方給人什麼印象？

那可真是個恐怖得令人發抖的地方喔。

小塚原刑場遺跡在南千住車站旁，像要故意躲起來似的藏在一座大型陸橋下面。當然，這裡也跟鈴森一樣，只是刑場的很小一部分，其他大部分面積早已埋在區公所大樓、住家、馬路下面了。

刑場有一扇面向馬路的大鐵門。推開那扇門，隨著一陣隆隆之聲走進去。西邊天際這時還剩一線夕陽的殘影，但我們的四周已黑得伸手不見五指。好不容易等到雙眼適應了黑暗，只見眼前現出一座大佛像，巨大得幾乎遮住全部視野。這就是一般俗稱的「斬首地藏菩薩」，也是那些命喪小塚原刑場的囚犯的守護佛。

巨大的菩薩像穩坐在約二層樓高的石階頂端，四周有許多石塔環繞。我們登上石階，緩步走到菩薩腳邊時，眼前出現令人驚心的一幕，只見斬首地藏菩薩背後竟是一大片黑漆漆的墳墓。

不過這片墓園屬於隔壁寺廟所有，也就是說，這是一片現代人正在使用的墓地。說來也真失禮，不肖的我竟不知收斂地對著別人的墳墓連聲喊怕，但不瞞您說，我剛爬上石階的那一刻，兩條手臂上都冒起了無數的雞皮疙瘩呢。

更恐怖的是，整片墓園裡掛著無數的風鈴，或許是為了祈求冥福吧。夜風吹拂下，風鈴不斷發出叮叮之聲。同樣在這片墓園裡，還有一小塊屬於寵物的墓地。看到這些，我心裡的恐懼簡直無法用言語形容，好像連魂魄都要四分五裂了似的。

就在我們緊張恐懼得不知如何是好的瞬間，忽聽轟地一聲，三張臉孔唰地同時發出光亮。怎麼回事？我慌張地回過頭，看到一列常磐線電車從墓園對面通過。我呆然地望著電車逐漸遠去，接著，又看到另一列營團日比谷線地鐵電車從相反方向駛來。原來如此！這片墓園和斬首地藏菩薩正好被兩條電車軌道夾在中間，而且位置就在鐵軌高架俯瞰的下方。

墓園內有一塊石碑，上面記載著小塚原刑場的歷史，但因光線黯淡，無法看清文字。好在現在正是電車頻繁通過的時段，每當電車轟然駛過，倒也能藉著車上燈光看清二、三行文字。根據其中一段說明指出，從前掩埋屍體的洞穴挖得不深，這裡的屍體經常被野狗刨出來咬得亂七八糟。

為什麼小塚原比鈴森恐怖多了……

或許因為它孤零零地站在這片高樓林立的鬧市裡，看起來像個域外孤島？從墓園大門走出來，眼前立刻看到居酒屋、燈火輝煌的商店街，還有車站前絡繹不絕的人潮。這裡跟鈴森完全不同，我想，或許因為這裡還能鮮明地感受到生者與死者之間的鴻溝，所以小塚原刑場遺跡至今無法變成真正的史蹟，我覺得它好像依然背負著還沒斷氣的歷史。

徒步活動結束後，當然得到南千住有名的鰻魚料理老店「尾花」飽餐一頓（鰻魚和茶碗蒸都好吃得不得了）。飯後，特別趕來和我們共進晚餐的總編輯突然提議：「夜已深，人已靜，現在再去一趟如何？」無奈之下，我只好很不情願地重新推開那道鐵門。

「咦？」

誰知這次卻沒有黃昏時那種恐怖的感覺了。為什麼會這樣？

「因為剛才是黃昏吧……」

「就是一般常說的『逢魔之時』㉖啦。」

抬頭仰望斬首地藏菩薩，不知為何，菩薩臉上似乎掛著一絲苦笑。

我不禁深思，犯人、死囚等都是業障特別深重之人，能拯救他們靈魂的，正是眼前這位菩薩，也只有法力無邊的地藏菩薩才能坐鎮於此。而我竟在這兒怕鬼怕神，這種恐懼不僅多餘，更是對菩薩的大不敬。

（更何況往生者早已成佛，不可能再做任何壞事了。）

活人才更可怕呢！你看，那邊那個人，還有那邊……我似乎聽到小塚原刑場遺跡裡發出陣陣低語，話聲裡還夾雜著輕聲苦笑。

這次徒步之旅的路線比較特殊，早晨從家裡出門時，我特別在背包裡放了一些驅邪的鹽。走出刑場大門時，每人身上都撒了鹽，並向夜空行了一禮。黑暗的夜色裡，斬首地藏菩薩正目送我們走向車站。

「徒步日記第二回」是一次極具震撼的遠足。但我很慶幸自己參加了這次活動。第三回徒步之旅又將在盛夏進行。這次我們計畫遠離江戶，也就是說，我們要出遠門了。遠行唷！啊！我們的勇健雙腳，究竟能支持到何時？我的命運又將如何？

※參考文獻

《圖說　江戶町奉行所事典》笹間良彥著（柏書房）
《拷問刑罰史》名和弓雄著（雄山閣出版）
《江戶的刑罰》石井良助著（中公新書）
《江戶學事典》西山松之助等編（弘文堂）
《續・時代考證事典》稻垣史生著（新人物往來社）
《復元・江戶情報地圖》吉原健一郎等編（朝日新聞社）

注釋、解說、後記

Ⓐ**某週刊**：刊載於《週日每日》平成六年九月十八日號。

Ⓑ**破紀錄的暖冬**：我在文中提到破紀錄，因為不論從夏天或年底來看，平成六年真的是異象頻繁、天地變色的一年。

Ⓒ**高橋阿傳**：幕府末期至明治初期真實存在的「毒婦」。她毒死了臥病在床的第一任丈夫後移居江戶，靠賣春為生。後來為了供養情夫而債臺高築，於是暗中策畫謀財害命，將舊衣商帶往淺草藏前的旅館中殺害。數天後，她跟情夫密會時被捕，兩年後處以斬首。同時代的劇作家仮名垣魯文以她的故事寫成劇本《高橋阿傳夜叉譚》，成為明治初期的暢銷作。

Ⓓ**小塚原與鈴森**：囚犯似乎還是看犯罪地點或犯人出生地來作為發配兩處刑場的依據。出生在江戶的囚犯以日本橋為分界線，家住日本橋南邊的囚犯送往鈴森，日本橋北邊的囚犯送往小塚原。據幕末留下的紀錄顯示，小塚原的使用頻率比較高。

Ⓔ**八百屋阿七**：阿七曾是好幾齣淨琉璃與歌舞伎作品中的女主角。傳說西元一六八二年底一場大火中，阿七在寺廟避難時遇到一名少年並愛上了他。後來阿七聽信壞人讒言，以為再發生火災的話就能見到那名少年。她因渴望再見少年而犯下縱火罪，最後被處以火刑。

譯注

①初詣：元旦一早趕往神社參拜。

②大山參拜：大山位於神奈川縣，由於山形秀麗，自古就是庶民山岳崇拜的對象。江戶庶民將大山參拜視為旅遊活動，通常也順便到附近的江之島去遊覽一番。

③引迴：犯人遊街示眾。

④獄門：又稱「梟首」，犯人被斬首後，將首級與身體放在板上公開陳列三天。

⑤牢屋敷：江戶時代囚禁犯人的地方。

⑥《續・時代考證事典》：作者為稻垣史生（1912–1996），日本時代考證家、歷史小說家。本名稻垣秀忠。

⑦懲役刑：剝奪自由的刑罰。

⑧永牢：終生監禁。

⑨過怠牢：以監禁代替杖刑。

⑩追放：把犯人從某些地區趕出去，不准回來居住。

⑪遠島：把犯人送到離島，這種刑罰比流放重，比死刑

輕。
⑫入墨：在犯人臉上或身上刺青。
⑬磔刑：把犯人綁在木柱上用長矛刺死。
⑭高橋阿傳：明治初期靜岡縣小山町婦人高橋阿傳因與情夫聯手謀殺親夫，被處斬首示眾之刑，據說這是靜岡縣最後一次執行江戶時代的刑罰。高橋阿傳也因而獲得「稀世毒婦」之名。
⑮《遠山金四郎》：以江戶時代的遠山金四郎景元為主角的著名時代劇。
⑯奉行：即「町奉行」，負責掌管江戶城內警政、市政、消防等事務的城內居民，通常是由下級武士當中選拔。
⑰辻斬：武士為了試刀或練武而隨意砍殺路人，江戶初期這類事件非常頻繁。
⑱飛腳：信差。
⑲拋棄養子：江戶時代盛行收養子女。很多人以收養方式替人撫養不便公開的子女，並向親生父母收取養育費。
⑳石見銀山的老鼠藥：石見銀山所產的砒霜石製成的滅鼠藥，含劇毒，亦被當作毒藥。石見銀山又稱大森銀山，位於島根縣大田市大森。
㉑南北町奉行所：江戶城的奉行所有兩處，俗稱南奉行所和北奉行所，各設町奉行一人，輪流派駐南北奉行所。
㉒與力：江戶時代中下層武士的總稱，也是輔佐町奉行的一種職稱，類似現代的警察署長，因規定可以騎馬，所以計算與力的單位不是一人、二人，而是一騎、二騎。
㉓同心：江戶時代幕府的下級官吏。在與力的帶領下擔任護衛城市治安的職責，類似現代的警察。
㉔哼著小曲上刑場：表示犯人好強，佯裝滿不在乎，一路哼著小曲走向刑場。
㉕洗頭井：一說是犯人斬首後，用這口井水洗滌砍頭的大刀，一說是用井水清洗首級。
㉖逢魔之時：據說一天有兩個逢魔之時，這段時間裡容易遇到靈異現象，一是太陽剛落山的黃昏，一是半夜十二點至兩點之間。前者是野外的逢魔之時，後者是室內的逢魔之時。

第二回

衝破關卡攀登七曲坡

平成七年七月十七、十八日

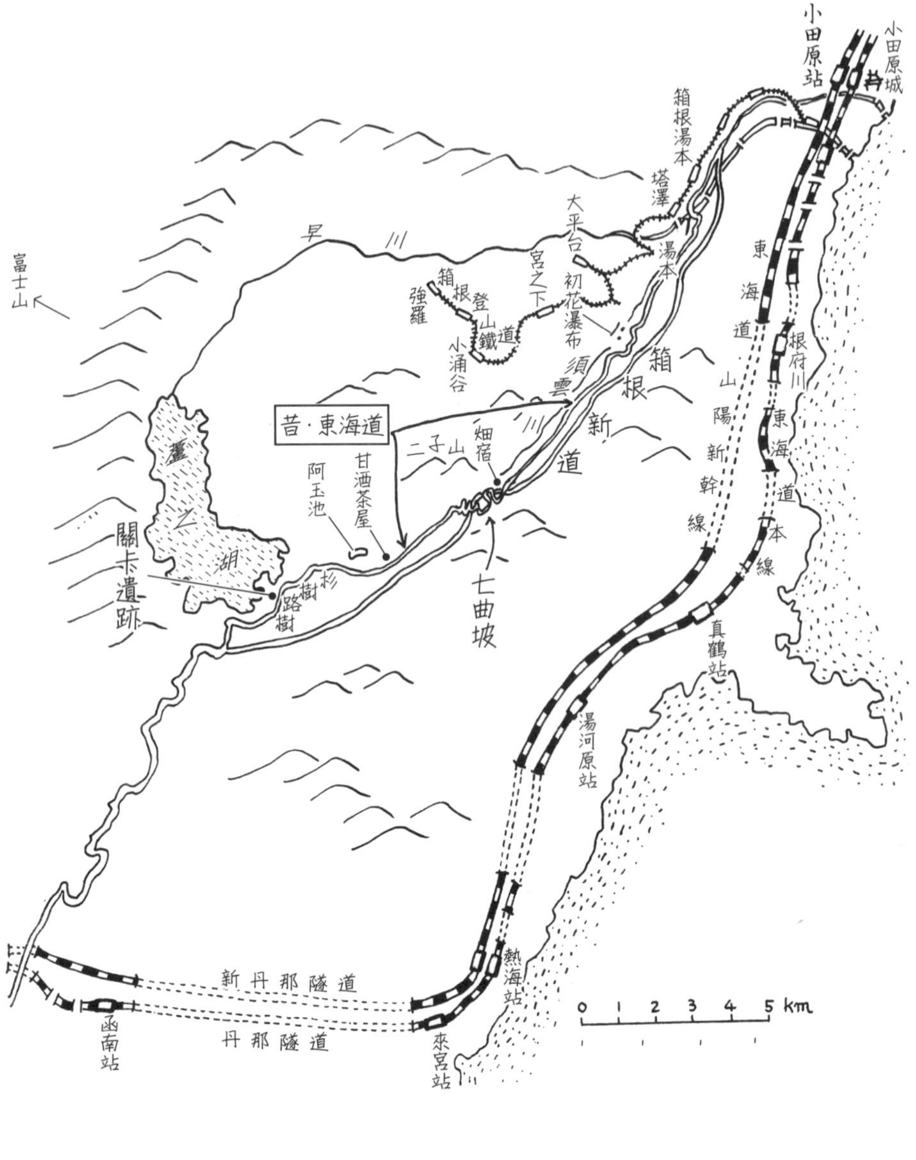
小田原站
小田原城
箱根湯本
塔澤
大平台
湯本
早川
富士山
宮之下
初花瀑布
箱根登山鐵道
強羅
小涌谷
須雲川
箱根新道
昔・東海道
二子山
畑宿
甘酒茶屋
阿玉池
蘆之湖
關卡遺跡
杉樹
路樹
七曲坡
東海道
山陽新幹線
根府川
東海道本線
真鶴站
湯河原站
熱海站
新丹那隧道
丹那隧道
函南站
來宮站
0 1 2 3 4 5 km

各位讀者，我們的《平成徒步日記》已進行到第三回了。

「對了，時間快到了吧，我們那企畫……」

責任編輯尼古拉江木以憂鬱的語氣說道。

「對呀……」

我有氣無力地回答。記得那是在平成七年的四月，這個場景出現在我工作室附近一家咖啡館裡。一個是「一言既出，駟馬難追」的苦命作家，一個是趕鴨子上架不得不跟著走的編輯，這幅畫面真是悲慘得令人無法直視。唯一值得慶幸的是，今年好像沒有去年那麼熱，去年那酷熱的季節，簡直令人想用凶暴二字來形容。

「那，我們到哪兒去呢？」

「這次不妨離江戶遠一點，或許也很有趣。」

我是因為去年的教訓才想到這個提案的。我去年發現，盛夏的都市柏油路面反射出來的熱力實在令人吃不消，四處林立的高樓外壁射回來的陽光也不容輕視。

「對呀。編輯部的高梨建議我們在舊東海道①找一條路旁還保存著杉樹路樹的路段，嘗試一下當時江戶人一日遊的行程②，您看如何？」

「喔！這主意不錯。」

「除了這個提案之外，總編輯問我們要不要跟著新撰組③的足跡走一圈。」

「……走路是沒問題啦。可是很慚愧，我對幕府末期的歷史完全不懂。」

「所以說，趁這機會好好兒學習一下嘛。」

這話也沒錯啦。因為本企畫的目的之一，就是讓不懂歷史的我能得到學習的機會。（不，應該說，這才是本企畫的主要目的。）

可是啊，諸位讀者請聽我說，這一刻，我和尼古拉江木兩人都各懷鬼胎。

「這次要輕鬆點……」

羞於啟齒的美夢正在我們腦中盤旋。誰也沒有開口，但這件事彼此都能心領神會。

「到哪裡去才能省點力？」

這念頭塞滿整個腦袋。老實說，兩人都是一臉茫然，鼓不起一點勁兒。或許，還是新撰組路線比較好吧，而且好像比較近，我在心底嘀咕。尼古拉江木的眼中漸漸地恢復了編輯的眼神，忽聽他低聲說道：

「上回那篇〈毒婦美幸〉的文章很受歡迎喔。」

「而且有人說，以後誰要寫《新・惡人列傳》④的話，肯定會把我寫進去呢。」

「那我們就來個『毒婦系列』怎麼樣？」

「可是我上次不是已經被處以磔刑了?」

「所以啊，系列續集就是從這兒開始。磔刑執行前那一瞬，你又獲救逃跑了。」尼古拉江木說。

怎麼跟西部片一樣?

「逃跑後，逃出江戶?」

「正是!在這種情況下，會往哪兒跑呢?」

我沉默了兩秒。尼古拉江木的嘴角露出滿足的微笑。半晌，兩人幾乎同時開口說道：

「那當然就是箱根嘍!」

如此這般，經過一番討論，這次連載的主題決定寫毒婦美幸第二回的〈衝破箱根關卡逃亡篇〉。

喔!溫泉正在呼喚我們呢。

1　先去小田原的北条家

這次徒步之旅是去箱根喔!大澤事務所的河野小姐聽了我的報告後答道：

「喔，箱根不錯啊。搭上『浪漫特快車』咻地一下就到了。」

「……」

「不是嗎？」

「我們是搭新幹線去。」

「新幹線在箱根不停喔。」

「我們在小田原下車，然後走去。」

河野小姐是大澤事務所不可或缺的靈魂人物，任何大風大浪都不曾讓她眨過一下眼皮，但聽了我的回答，她卻目瞪口呆說不出話來。對了，我還忘了介紹，她是個愛聽重金屬搖滾樂⑤、愛穿 Iron Heart 牛仔褲的女孩。

重金屬河野小姐呆了半天，好不容易才從嘴裡擠出一句話：

「……那您走好。」

以上就是這次企畫的緣起。話說七月十七日星期一上午十一點左右，徒步小隊一行人在小田原站下了車。這次活動成員除了以往幾張老面孔：我、尼古拉江木和攝影師馬克田村之外，我的文庫版責任編輯阿部先生也來了。阿部先生的模樣跟很久以前那部木偶劇《神祕島》⑥裡的博士一模一樣，所以我給他取個代號叫做「博士阿部」。真的！簡直就像劇中的木偶博士跑上大街來了。當初他開始當我的責任編輯時，我仔細觀察後得出的結論是：此人背後肯定有幕後操縱者！說到這兒，還要補充說明一下，像博士阿部這種來打氣加油的臨時隊員，我們規定他一定要幫忙背行李，並命名為「苦力部隊」（永遠都在召募隊員喔！）。

眾所周知，小田原算是大城。這天來到車站前，一群人又跟前兩次一樣，腳穿運動鞋，肩負旅行背包，新來的博士阿部裝備最齊全，竟連水壺都帶來了。每次都這麼引人注目喔……我一邊走一邊咕噥。眾人朝著距離車站約十分鐘路程的小田原城開步前進。（博士阿部帶來的這壺水，後來可變成我們這群人的救命恩人呢。）好在今天是陰天，既沒下雨也沒出太陽，路上遠遠地就可望見小田原城的天守閣⑦，眾人踏著輕盈的步伐一路朝著目的地奔去。登上石階，穿過巨大的城門，不料眼前居然……

居然出現一隻大象。

「大象？」

我驚訝得說不出話來。不過仔細一想，其實也不必大驚小怪。因為「小田原城址公園」原本就附設了一座動物園，剛好大象的獸欄設在進門處而已，但若事先毫無心理準備，像我這樣突然看到天守閣和大象，心裡還是滿震撼的。這座動物園的規模不大，除了大象之外，還看到紅鶴、猴子等獸欄。今天雖不是放假日，園內卻相當擁擠，如織的遊人正興致勃勃地到處閒逛。

說起小田原城的歷史，最早在這裡築城定居的是大森氏，也就是曾在戰國時代稱霸西相模一帶的大森家。而小田原城後來能夠逐漸變身成為留名青史的大城與名城，是在明應四年（西元一四九五年），因為伊勢新九郎長氏⑧在那年趕走大森家，自己入城稱霸。伊勢新九郎長氏也就是後來的北条早雲。有關北条早雲的身世，至今仍有許多疑點與爭議，但他是戰績卓越的武將，勤政愛民，稱得上是豪傑人物。老實說，我個人對他的印象很好。雖說現在的天守閣是小田原市政府於昭和三十五年（西元一九六〇年）復舊仿造的水泥建築，但我今天還是很高興能夠到此一遊。

小田原城的建築外貌令人聯想到中世紀的歐洲城郭都市⑨，這類城樓的構造現今只能在繪畫或平面圖上才看得到了。如果往日的城樓能夠保留至今，在史料和觀光方面的價值都將珍貴得無法估計。「真沒想到這裡的階梯都這麼陡！」眾人一面抱怨一面爬到四樓頂層。這層樓是展望臺，我們暫且在此乘涼休憩，憑欄眺望窗外絕景。我曾聽說，像小田原這種盛產山珍海味的地方都善於製作魚板、乾貨和外郎糕⑩（據說外郎糕並不是點心，而是藥品）之類耐久食品，而這種技術之所以發達，又跟小田原北条家善打守城戰有著密切關連，但不知這傳說是否屬實？Ⓐ城樓展示廳裡掛著一幅現代重繪的復元圖，畫的是豐田秀吉天正十八年（西元一五九〇年）四月進攻小田原城時的作戰陣圖。看那層層包圍的陣式，緊密得令人想用神經質來形容。「哎唷！哇！」我不禁連聲讚歎。

從小田原城天守閣下來之後，今天的徒步之旅即將正式揭開序幕，不瞞各位，我心中並非沒有臨陣脫逃的想法……

「真的要從這裡走去啊？」

我哀怨地問道。因為其他出版社的編輯曾跟我說：你們從小田原走去這計畫也太離譜了吧？

尼古拉江木一副成竹在胸的表情瞄著手表說：

「從時間上看來有點困難喔。我們還是搭箱根登山鐵道去湯本吧？」

於是，徒步小隊搖身一變，成了「電車乘客隊」。今天是我有生以來第一次到箱根，不論叫我搭乘什麼，都覺得欣喜萬分，心情就像出門遠足的小學生。

2　從湯本到畑宿

到達箱根湯本，午餐時間已過，我們在蕎麥麵店「初花」邊吃午餐邊討論午後行程。這次我們的參考資料裡有一本很有趣的書，名叫《新修五街道細見》，由「青蛙房」出版，岸井良衛先生編纂。內容正如其名，一一列出了江戶時代五街道⑪起點至終點的所有驛站、休息站，並詳細介紹各地的名產、特產，本陣⑫與脇本陣⑬的主人姓名，真是一本內容詳盡的旅遊指南，就算不出門躺在床上翻閱也令人感到新鮮有趣。

據這本書介紹，今天徒步之旅的第一個目標「畑宿」，是從「小田原」算起第六個驛站，從「小田原」出發後，經過「入生田」、「山崎」、「三枚橋」至「湯元」，從這裡開始可以望見路旁的二子山，繼續向「川端」和下一站的「畑宿」邁進。「畑宿」的下一個目標是「箱根」，但兩站之間還有好幾個驛站，只見書上列出了一大堆坡道的名稱：「西海子坂」、「橿木坂」、「猿滑坂」、「銚子口坂」、「白水坂」。

「不知這些坡道名稱現在是否還在使用？」

尼古拉江木歪著腦袋說：「這，不太清楚……不過前面有個『女轉坂』，這名字好像是從前就有的。」

聽到這些恐怖的坡道名稱，我不禁暗自發抖。博士阿部這時正在一旁偷看江木私藏的旅遊指南，他轉頭對我說：

「可是這裡寫著：『女轉坂』現在不能通行喔。」

哎呀！謝天謝地！

從蕎麥店走出來，原本陰沉的天空像是抓準時機似的突然放晴了，燦爛的陽光射向正要踏上旅途的我們。今天從東京出發時，天上下著大雨，我和尼古拉江木都以為這次旅行總算可以擺脫帽子了，這時又慌張地到處找帽子店。博士阿部和馬克田村今天的裝備倒是非常齊全。我跟江木便在兩位先生你一言我一語的嘲笑中走進街邊一家小服裝店。其實尼古拉江木的夫人已再三告誡他不可買帽，因為他真的非常不適合戴帽。

閒話休提，手抓地圖的徒步小隊即將踏上舊日東海道堆石路入口了。湯本是個十分熱鬧繁華的地方，街上的觀光客全都一身休閒裝扮。

「舊日箱根街道一里塚⑭的石碑應該就在這附近才對……」

汗流浹背的尼古拉江木轉著腦袋來回張望，又轉身向過往行人打聽，但路人的反應卻很冷淡。這附近有那玩意兒嗎？路人異口同聲地答道。不過石碑雖沒找到，我們卻發現一樣有趣的東西。

「哎唷！一對地藏情侶！」

眼明手快的馬克田村把照相機對準了目標。

這對供在左邊路旁的地藏菩薩是在我們快走出湯本市街的時候發現的。石像體積很小，小到汽車駛過時不容易看見。兩尊石像一男一女，親熱地手拉著手，臉貼著臉。像這種成雙成對的地藏菩薩像一般很少見。石像旁有一塊木牌，上面文字介紹說，很久以前曾有妖魔企圖闖進湯本市街，多虧這對相親相愛的地藏菩薩在此現身後趕走了妖魔。愛情真偉大！我低頭向菩薩致敬。但我要特別說明一下，這對菩薩並不管愛情婚姻喔。

我們四人繼續前進，嘴裡一路喊熱。不一會兒，只見右側遠山的翠綠映著陽光，一道像白油漆刷上去似的雪白華麗瀑布掛在山腹。

「那就是初花瀑布！這個地點很有名。發生在這兒的著名傳說甚至改編成戲劇《箱根靈驗躄仇討》⑮。剛才那家蕎麥麵店的店名也取自這瀑布吧。」尼古拉江木說。

這個復仇傳說裡的「初花」是一名跟瀑布同名的女性，但劇本內容和史實的差異很大，一般人比較熟知的是劇本故事。除了仇殺場面外，還有亡魂顯靈，整齣戲充滿恐怖氣氛。女主角初花因信奉箱根神社而到這處瀑布下沐浴淨身，祈求復仇一舉成功。不過這是一座高得令人必須抬頭仰望的高山，而且瀑布位於深山之中，初花當初爬上去的時候可能費了很大的工夫吧？可見女人自古就不可小看！

「除非我們長了翅膀，否則是飛不到那兒去的。」博士阿部看著瀑布發表感想。

走過初花瀑布下方，啊！終於找到了！

國家指定史蹟　舊東海道石疊⑯入口

一根頗為壯觀的石柱標誌豎立眼前，柱上寫著這幾個大字，旁邊還有一幅地圖，標出前方路線。眼前盡是蒼綠繁茂的樹林與草叢，一條堆石路貫穿其中，至少視線所能看到的路面都算平坦（卻是假象）。徒步小隊眾人早已快被炙熱的陽光晒昏，而這條向前延伸的幽暗堆石路卻散出陣陣涼意，像要引誘我們上路。眾人先在此稍息片刻，喝一杯博士阿部特地用水壺背來的麥茶。好！大家這就要去走舊東海道啦！

真沒想到綠色力量如此偉大。才剛踏上堆石路，流汗的感覺跟走在柏油路上完全不同。鳥鳴聲不時傳入耳中，聽來令人心曠神怡。沿途偶爾看到路邊豎著木牌，說明這條堆石路的歷史。原來這條路為了便於排水，故意作成兩層堆石的結構，且已反覆多次繕修整理。

「江戶時代就有這樣的道路，真厲害。」

只不過……

「這跟我們一般所說的堆石路不一樣。」尼古拉接口說道。

我完全贊同他的看法。通常我們提到堆石路，腦中浮起的印象就是一條像寺廟庭院裡那種，一塊塊石頭平鋪在地，走起來很輕鬆的石板路。但這條堆石路走起來一點也不輕鬆，滿地石塊不只是凹凸不平，甚至還戳人腳底，根本不是平坦的路面，還有那些石塊都排得東倒西歪，很不整齊。

「從前的人，是，穿草鞋，走在，這路上，對吧？」

我一個字一個字斷斷續續地說道。倒不是因為體力已經用盡，而是因為梅雨季還沒結束，潮濕的天氣讓地上石塊長滿了青苔，走在上面滑溜溜地寸步難行，萬一不小心摔倒了，說不定會把舌頭咬斷呢。更何況我們這時正在走一段下坡路。

「現在已是觀光季節了，對吧？湯本那裡好多觀光客，這裡卻看不到一個人影。」

「只有我們！」尼古拉江木斬釘截鐵答道。

一路上，背著相機的馬克田村和膽小的我都慢吞吞地跟在後面，博士阿部的腳步最輕快，抬頭挺胸大步向前走。真不愧是全隊最年輕的隊員。

「喔！有一條小河。還有獨木橋。」

領先帶隊的博士阿部突然停下腳步，伸手遮在眼上朝下方瞭望，我連忙趕向前去，只見岩石下方有一條水流湍急的小河，河裡發出嘩啦嘩啦的水聲，河上的兩塊岩石間用繩綁著三、四根粗木，似乎是用來當作連接兩岩的墊腳石。

「這個，也算是橋？」

「是啊。」

「可以走過去嗎?」

「就是用來走過去的。」

「可是,你看,前面有個標誌。」

通往獨木橋的下坡路右邊豎著一塊警示牌:「這座獨木橋很危險,河水高漲時絕對不可通過。」

「水碰到橋的話,就不能過去。」

「水沒碰到橋呀。」

不,在我看來,那橋的某些部分好像泡在水裡,微傾的獨木橋已經變濕了。

博士阿部和尼古拉江木毫不退縮地繼續向前,我只好慢吞吞地跟著過橋。獨木橋也是滑溜溜的,只能小心翼翼地邁過去。這時,尼古拉江木回頭說道:

「這山上有座發電廠。所以河流上游大概有水庫吧。那標示牌說漲水,可能就是因為這原因啦。」

哇!我大吃一驚,那多可怕!當我們緩步慢行通過獨木橋的那一瞬,突然,不知從哪兒傳來一陣警報聲。接著,不到一分鐘之內,水庫開始洩洪,可憐的我立即被大水沖進小河,化身成為河裡的水藻……

我兀自胡思亂想著,馬克田村這時身手矯健地走到河邊舉起相機對我說:

「來來來，笑一下！」

各位讀者，萬一這張過獨木橋的照片登在畫頁上，請您體諒一下我板著臉孔Ⓑ的理由吧。

好不容易過了獨木橋，橋頭是一條長約一百五十公尺的上坡路，路邊的標示牌寫著「畑宿」，連那牌上的箭頭也指著天空。我一心顧慮著警報與洩洪，連聲嚷著：「到上面去，到上面去。」說完，便拚命朝坡路上方走去。

登上坡頂的同時也就到了「畑宿」。現在雖稱為「畑宿」，其實從前只是簡陋的休息站⑰，所以《五街道細見》裡只把這裡的地名寫為「畑」。這裡從前有間休息站叫「茗荷屋畑右衛門」，路過的旅客可能只是在這裡喝茶飲酒，小憩片刻。

「畑宿」有許多土產店和寄木細工⑱店，店鋪並列在一條柏油路的兩旁，觀光客的自用車和計程車不時從路上駛過。我們走進一家商店，尼古拉江木向熱心的店家詢問：請問從這兒走到箱根要走多久？

「從這兒走去？走到箱根？現在開始走？」

老闆娘瞪大眼睛說。

「要走國道去嗎？或者走從前的舊道？」

「盡量希望走舊道。」

「不可能啦。會走到半夜喔。」

「可是我們就是為了走那條路才來的。」

「這樣好了，你們先去舊道走一、二小時，然後回到這兒來，怎麼樣？再叫計程車把你們送到箱根。要想全程走完，那簡直開玩笑。」

可是徒步小隊原本就是要進行不可能的任務。

「我們至少也想走到甘酒茶屋。」

「就算只走到那兒，距離也很長喔……嗯，如果不走舊道，改走國道的話，說不定走得到。」

說到這兒，我們才發現時間已是下午四點。

四人把腦袋湊在一起討論半天，最後得出的結論是：好吧！就接受老闆娘的建議去走國道好了，反正也能達到「去走一趟！」的目的嘛。只是啊，這條路走得我們太辛苦了！

3　徒步小隊、山路飆車族、阿玉池

畑宿到甘酒茶屋這段路要經過二子山，從地圖上看起來，二子山的等高線像被人一把揪緊似的全擠在一起，換句話說，這座山的山勢十分陡峭。而從畑宿到甘酒茶屋這段路也就是一般所謂的「箱根七曲坡」，地勢險峻的程度雖不如日光的以呂坡坂，但這段國道左一個彎，右一個彎，一路蜿蜒曲折向上延伸，據說連那些專飆山路的房車暴走族也覺得這是一條極有魅力的路段。我們剛踏入國道上那條窄得若有似無的人行道（當然嘛，誰也不信有人會跑到這兒來散步吧），頭上立刻傳來一陣「嘰嘰嘰」的輪胎擦地聲。

「喔，正在表演呢。宮部小姐您看過這種山路飆車族⑲嗎？」

「沒有，今天第一次看到。」

我們一路聊天向前走，忽見一名年約二十的青年拐著急彎將汽車駛下坡道，又立即掉轉車頭，向原路駛去。原以為他在爬坡，誰知立刻又聽到一連串「嘰嘰嘰……」的聲音，接著傳來一陣歡呼。

「還有人看熱鬧喔。」

國道的坡度非常陡，我們已走得氣喘吁吁，不時停步拭汗。

「可是那樣開車，不會出事嗎？」

「會呀。路上不是落了一大堆汽車尾燈的碎片？」

的確！略帶橘色的碎片正在陽光照耀下閃閃發光。

「這種活動有意思嗎？不就是在同一地點開來開去嗎？」

「嗯，是啊。年輕人嘛。」

「他們看我們一步步慢吞吞地往前走，說不定覺得我們這群人更怪呢。」

然也！我無話可說。

「話說回來，這條路走起來好危險喔。坡度這麼陡，剛才那些上山下山的車子都開得飛快，還有沒有其他的路啊……」

聽了馬克田村的話，眾人同時抬頭張望，只見一道灰色石階躍入眼簾，那道階梯從人行道一直通向山裡。

「對了，走那道石階的話很快就能爬上山，比走山坡快多了。可以抄近路嘛。」

對呀！好棒喔！徒步小隊連忙奮勇登上石階。這段水泥石階造得非常堅固，兩旁還有扶手，穿過山中樹木構成的綠蔭隧道一路向前延伸。我們才踏上階梯，國道上來回飛馳的車聲就漸漸變遠了。

「運氣真不錯！」

我竟還在暗自竊喜。讀者您可知道，原來這是一段怎麼爬都爬不完的階梯，一上了賊船，就得不斷往上爬，而且坡度極陡，每段石階的高度又極高。

「啊唷……」

「很吃力喔。」

「好像到了四國的金比羅宮⑳或山形的立石寺㉑。」

「究竟爬了多少階啊？剛才數一下就好了。」

「我休息一下。」

我抓著扶手無力地坐下。這時又多虧博士阿部水壺裡的麥茶救了我一命。

「我想起高中時到千葉鋸山去玩的情景。」

或許各位也知道鋸山，那地方也是爬不完的階梯。

「但那天待我氣喘如牛地爬到山頂，居然看到有些女人穿著高跟鞋和套裝呢。」

「就是有些女人不管到哪兒都穿高跟鞋。」

「說不定有一種運動項目叫『高跟鞋登山』。」

「那可比無氧攀頂更厲害。」

我們大口喘氣往上爬，爬到一個分岔路口，左側的路可通往舊道，正面的道路仍是階梯，但盡頭隱約可見，似乎可通往國道。

「怎麼辦呢……」

「走舊道要比爬石階輕鬆吧。」

「可是沒時間了。」尼古拉江木看著手表說。

「天黑了確實不妙。」

沒辦法！只好繼續往上爬……好不容易爬到了盡頭，當國道出現在眼前，一輛計程車奇蹟似的適時開到面前來，四人一齊舉起手忘我地揮著。看到司機的臉孔，我覺得他簡直就像救苦救難的菩薩。

由於遇到這番波折，我們並沒有徒步走到甘酒茶屋。後來坐上計程車才發現，甘酒茶屋原來近在眼前（真是無可辯駁）。從古至今，無數踏遍箱根險峻山路的遊客都曾在這兒歇腳，我們也看到幾個穿著運動鞋的外國觀光客來此休憩。

從甘酒茶屋走出來，繼續搭計程車前往阿玉池。黃昏已近，山中的天氣原本多變，這時天空早已布滿雲層，四處霧氣瀰漫，一片神祕氣氛。阿玉池像貼在畫上似的躺在這寂靜的深山裡。這個湖有個流傳久遠的故事，而且這故事也跟箱根關卡有關。相傳從前有兩個巡遊賣藝的年輕女孩阿玉和阿杉，因受不了師父嚴厲管教，便計畫從江戶逃往京都，誰知半途走到箱根關卡，兩人都沒有通行證，於是想走小路闖關，卻被官差抓住了，最後阿玉投水結束了生命。這個湖就是她自盡的地點，這裡也因此命名為「阿玉池」。這回徒步漫遊的主題既是「毒婦美幸闖關之旅」，這裡正是最符合這次主題的地點，不是嗎？

「這裡好像《犬神家一族》㉒小說裡出現的場景喔。就算佐清的腳Ⓒ現在從水裡冒出來，我都不覺得驚訝。」

我凝視著霧氣籠罩的對岸，不知為何突然說出這句莫名其妙的話來。推理作家真叫人無法理解。（耳中傳來全國推理作家的斥責聲：叫人無法理解的不是推理作家，是你一個人啦。斥責之聲不絕於耳，真不好意思。）

離開阿玉池後，眾人在舊道上暫且享受片刻的森林浴，道路兩邊並列宏偉氣派的杉樹路樹，令人心曠神怡。徒步小隊決定今天不再冒險前往關卡了，還是老老實實直接到旅館休息吧。博士阿部的水壺也已喝得一乾二淨，於是四個人拖著積滿汗垢的身體，一路走向正在等待我們的箱根溫泉。

4　翌日

第二天一早就開始下雨。不過關卡遺址附設的資料館裡卻擠滿了遊客。

從資料館正面望去，右側是一座關卡遺址紀念碑，左邊可看到蘆之湖，資料館本身是仿照江戶時代的關卡房舍重建的建築，館內陳列著許多人像和資料。我們悠閒輕鬆地在館內來回閒逛，實在很難想像當時人們等待過關時的緊張心情。我心裡甚至有個疑問：

「這附近的範圍那麼大，又是在山裡，不是嗎？說不定闖關比我們想像的容易呢。」

但參觀資料館之後，我這種輕率的推測被推翻了。原來箱根周圍深山裡除了這所關卡外，還設有幾個副關卡，其他一些重要地點也派了官差駐守，嚴格把關，徹底防範閒人闖關，甚至山裡還設有瞭望臺，負責追捕那些想從蘆之湖游泳潛逃的犯人。

箱根關卡每天開放的時間只有十二小時，從明六刻（上午六點）開放至暮六刻（下午六點），行人走到關卡的官差面前，必須先趴在「跪拜石」上行禮，出示通行證之後才可過關。這些旅客來自各地，每個人過關的理由肯定也不一樣。譬如懷著歡樂心情到伊勢神宮參拜的遊客，他們一定覺得這種驗關手續很煩人；還有背負主公密令即將返回封國的武士，或像阿玉那樣的亡命之徒。關卡門外有塊空地叫做「千人廣場」，通過初步檢查的行人都被帶到這兒等候依序過關。看到這些資料，我不禁欣喜地想道：在這廣場之上，豈不是隨處都能找到時代小說的靈感？箱根關卡對女性檢查特別嚴格，當時有句俗語「進城槍炮出城女」㉓，即是箱根關卡著名的特色。但當我在這兒看到「洗髮井」的時候，心裡還是很震驚，沒想到當時的官差竟叫女性解開髮髻，洗掉臉上的化妝後才驗身。我們也可由此得知，德川幕府的穩定其實是靠這種執拗得像女人般的猜忌在支撐著。

參觀資料館之後，我才發現自己從前一直有個誤解，而且是屬於基本常識的誤解。這次我終於有機會把這誤解糾正過來。以前我一直以為當時的通行證就像現在很多人想像的那樣，是個像大型木製象棋棋子㉔那樣的東西，況且很多土產店也都在出售這種形狀的通行證，但真正的通行證是一張紙製的證明文件。蓋在紙上的印章（發行證明之人的印章，也就是大名、名主或家主的印章）有時模糊不清，或跟事先呈交關卡的文本不同，持證人便會受到官差斥責。據說這類事情並不少見。另外也有些人到了關卡後發現通行證不見了，便在這兒吵鬧不休，據說這類事例也不在少數。總而言之，江戶時代是個不便遠行的時代。

不過據資料館的數據顯示，江戶時代實際因闖關而被處死的人卻只有六人。這數字令我感到很意外，因為我原以為每年至少會有幾十人呢。據說當時關卡的差人並不是那麼恐怖，抓到企圖闖關的行人時，也只認為他們是「不小心走錯路」，隨便申斥兩句，就把人放走了。

六代將軍家宣的時代曾公布了《箱根關卡規章》，內容如下：

一、進出關卡，必須摘掉斗笠、頭巾。
二、乘坐車轎進出關卡，必須打開窗戶。
三、出關女子的證書（通行證）上所載事項必須詳細確認。
附——乘坐車轎的女子由女差人（即所謂的「改婆」）親自當面對照證書確認。
四、身上受傷或令人起疑的屍體必須具備證書才可通過。
五、有朝廷重臣或大名引介的行人不必出示通行證。但若有舉止行動引人懷疑者，不論任何人都必須仔細盤查。

這項規章定得很嚴厲，不論高官、重臣或大名都得不到特殊待遇。據說現在箱根有棵名為「回眸松」的松樹，樹下有塊高大的木牌，上述的規章條例就寫在這塊木牌上。

然而，今天已是個自由旅行的時代，只要我們花錢，就可以搭電車、飛機或汽車隨意前往自己想去的地方，對生在現代的我們來說，江戶幕府統治時代在全國實施的關卡制度有點像是近代高壓政治的範本。我望著佇立湖畔的關卡遺跡石碑，細雨迷濛中，石碑背後的蘆之湖像是籠著一層煙霧。我突然想到最近我們也曾親身體驗類似關卡嚴重戒備的緊急狀況。對！我說的正是前些日子地鐵沙林事件引起一連串意外而開始實施的東京緊急戒嚴措施Ⓓ。

江戶時代的日本是個警察國家，當時雖有值得誇耀的文化和安寧平靜的生活，卻是個不能沒有「關卡」的時代。之後，我們的國家曾走過一段漫長道路，付出了諸多犧牲，好不容易才發展成今天的模樣。但在沙林事件發生時，儘管是情勢所趨，東京卻像返祖一般再度變成了警察國家。

歷史不會回頭，人類卻總是在重複相同的行為。想到這兒，今晨洗溫泉時留下的溫暖美好，似乎一下子變得冰冷。

在這三回徒步之旅當中，我覺得這次的旅行最愉快。說來也不怕讀者笑話，畢竟還是因為這次旅行可以洗溫泉啦。

如果您讀完這篇文章也想到箱根的舊東海道去走走，請您一定要作好防護準備。或許年輕人能靠意志力撐完全程，但堆石路真的不是穿皮鞋能走的路。年長的讀者可以挑一段兩邊仍有杉木路樹的堆石路，到那兒散散步，欣賞優美的風景，這種玩法不僅最輕鬆愉快，也充滿了情趣。（聽說我們走過的那段舊道，其中一部分是附近學童上下學必經之路呢。那些小學生真厲害！）

舊東海道從箱根一直延續到三島，這段舊道至今仍然存在，而且沿途都有路標，只是比箱根附近的路段更危險，更難走，您若是去走，最好不要把行程安排得像去遠足。

「真的很危險唷——」

這可是徒步小隊邊哭邊走得來的結論，絕對錯不了！

至於下次徒步之旅要前往何處？何時出發？現在都還是未知數，等到總編輯批准後，想必還會跟您相逢的。再見！

※參考文獻

《新修五街道細見》岸井良衛編（青蛙房）
《今昔東海道獨案內》今井金吾著（日本交通公社出版事業局）
《江戶時代的箱根與關卡》（箱根關卡資料館）
《箱根關卡物語》加藤利之著（神奈川新聞社）

注釋、解說、後記

Ⓐ耐久食品與守城戰：有關這兩者之間的關連，我曾向小田原市有關單位詢問過，卻沒得到具體解答。但我在某電視臺旅遊美食節目的旁白裡聽到，耐久食品和守城戰很有關連。或許這只是以訛傳訛？

Ⓑ板著臉孔：這張照片並沒登上《小說新潮》的畫頁。但我要說明一下，並不是因為我的臉不好看喔。

Ⓒ佐清的腳：據尼古拉江木報告，不論我走到水畔還是湖邊，一定會說的一句話就是：「好像佐清的腳會從水裡冒出來喔。」這是因為電影《犬神家一族》裡那個鏡頭給人的印象太強烈了，簡直像已印在我的眼底似的。尼古拉江木還提出了一個構想：製作幾個現代藝術雕塑品「佐清的腳」，安置在全國較具詭異氣氛的湖泊裡，每天到了正午，那隻腳就開始上下晃動。他還建議我去找「角川書店」贊助他這構想，但我實在沒有勇氣開口，再說「角川書店」的責任編輯才不可能理會這種企畫呢，還是算了吧。

Ⓓ緊急戒嚴措施：地鐵沙林事件之後沒多久（之後又接連發生了市長小包炸彈事件、地鐵新宿站異常臭味事件），地鐵車站的垃圾桶撤除了，地鐵地面車站月臺上的垃圾桶和投幣寄物櫃封鎖了，乘客再也不准把雜誌、報紙棄置在電車內的置物架上。

譯注

①舊東海道：江戶時代的五街道之一，從江戶至京都沿太平洋而建的道路，路上共有五十三個驛站。

②江戶人一日遊的行程：江戶人出門旅行全靠兩隻腳步行。據說當時男性平均一天能走四十公里，女性也能走二十五公里。所謂「半日三里」（三里約等於十二公里）即形容江戶女性一天的步行距離。

③新撰組：幕府末期浪人武士組成的武力團體。

④《新・惡人列傳》：日本現代作家海音寺潮五郎曾寫過小說《惡人列傳》。

⑤重金屬搖滾樂：節奏強、音量大的搖滾樂。

⑥神祕島：NHK電視臺於一九六四年至一九六九年播出的木偶劇系列。另有譯名為「葫蘆島漂流記」。因劇中神祕島的形狀像葫蘆。原作者井上廈（INOUE HISASHI）為避免大眾穿鑿附會，故意不說明神祕島究竟是杜撰或實際存在的島嶼。

⑦天守閣：建在城樓中央的大型樓閣，日本戰國時期以

後最具代表性的城樓建築。
⑧長氏：北条早雲早期的名字。
⑨城郭都市：以城牆或土堆圍住的城市。
⑩外郎糕：用米粉黑糖混合蒸成的糕點。
⑪江戶時代五街道：江戶時代以江戶為起點的五條陸上交通要道，分別為：東海道、中山道、甲州街道、奧州街道、日光街道。
⑫本陣：江戶時代專門接待大名的高級驛站。
⑬脇本陣：萬一本陣無空房時的備用驛站。
⑭一里塚：古代標示道路里程的土塚，相當於里程碑的作用。日本於全國布建一里塚的工程始於江戶時代。
⑮《箱根靈驗躄仇討》：男主角勝沼勝五郎欲為父親報仇，與妻子初花走遍全國尋找仇敵，兩人來到箱根後，勝五郎變得行動不便，只得在此休養，初花為了祈求丈夫盡早痊癒並完成復仇心願，每晚前往附近山上的瀑布許願。原劇本為司馬芝叟所寫。
⑯石疊：堆石路。
⑰休息站：江戶時代這裡沒有驛站，所以也沒資格稱「宿」。
⑱寄木細工：木片拼花工藝品，一種日本的傳統工藝品，也是箱根特產，已有兩百年歷史。
⑲山路飆車族：專飆山路的房車暴走族。
⑳金比羅宮：位於四國香川縣象頭山，宮內供奉的象頭山金比羅大神是專司海上交通的守護神。從山下通往大殿的石階有七百八十五階，大殿通往本殿的石階有五百八十三階，總共一千三百六十八階。
㉑立石寺：位於山形市內的天台宗寺廟。已有一千一百年歷史，從山下登上大殿的石階共有一千零十五階。
㉒《犬神家一族》：推理小說家橫溝正史於一九五〇年所寫的長篇推理小說，曾多次改拍電影與電視劇。
㉓「進城槍炮出城女」：關卡對帶進江戶城的槍炮和出城的女人都要嚴格盤查。箱根關卡對出城的女人檢查特別嚴格，這是為了防止大名的家眷潛逃回國。
㉔象棋棋子：日本象棋的棋子並非圓形，而是近似梯形的四方形。

第四回

遠在天邊的櫻田門

平成七年十二月十五日

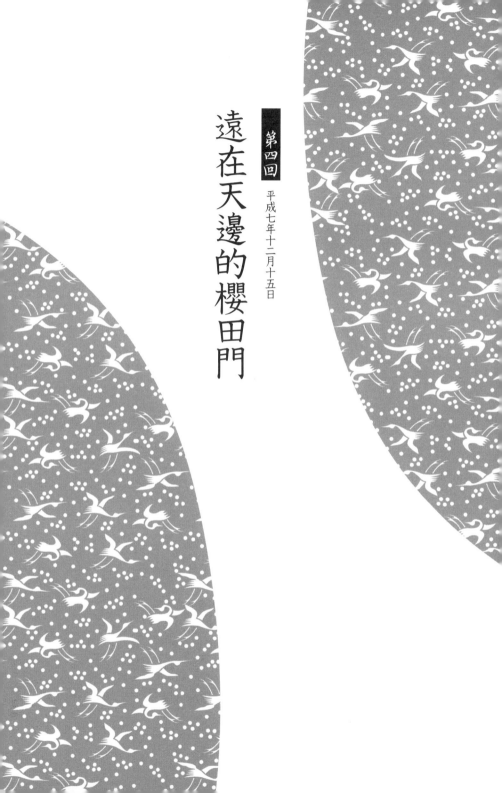

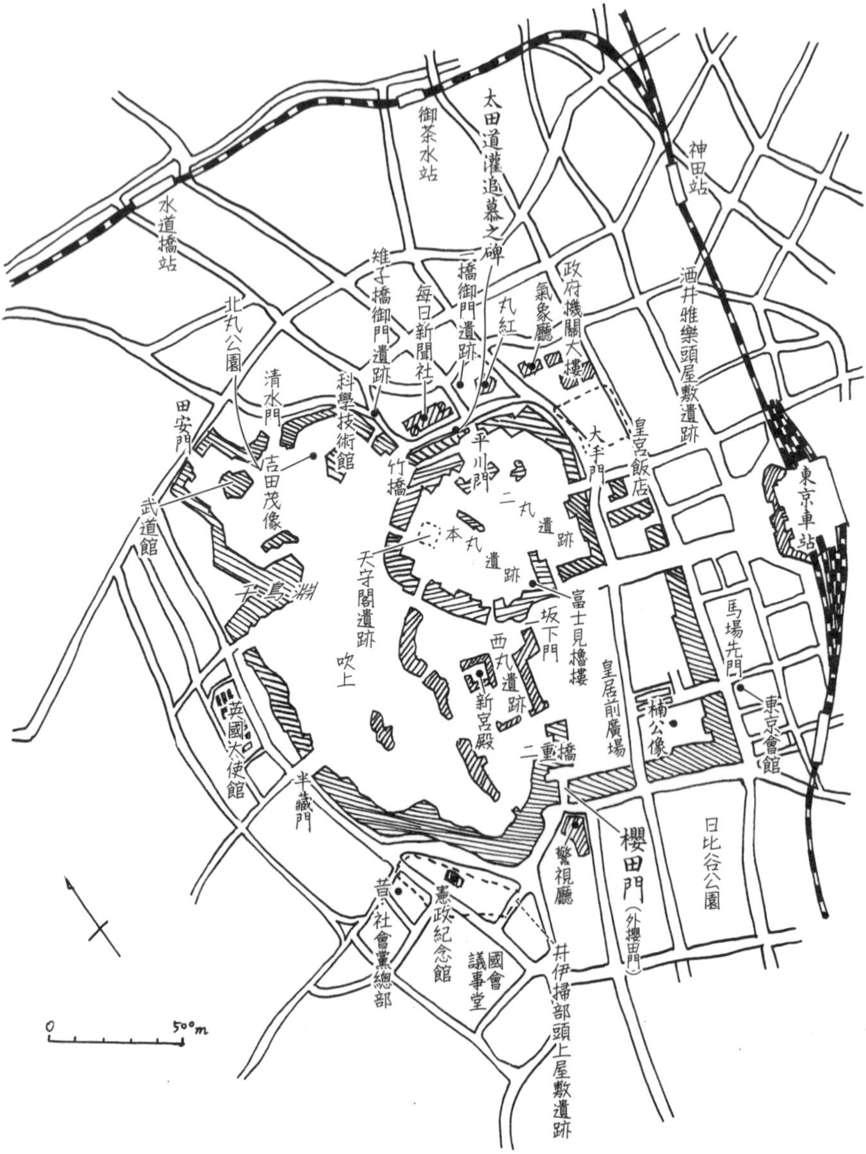
太田道灌追慕之碑
御茶水站
神田站
水道橋站
雉子橋御門遺跡
每日新聞社
一橋御門遺跡
丸紅
氣象廳
政府機關大樓
酒井雅樂頭屋敷遺跡
北丸公園
清水門
科學技術館
田安門
吉田茂像
竹橋
平川門
大手門
皇宮飯店
東京車站
武道館
二丸遺跡
本丸遺跡
天守閣遺跡
千鳥淵
富士見櫓樓
坂下門
西丸遺跡
吹上
新宮殿
皇居前廣場
楠公像
馬場先門
東京會館
英國大使館
二重橋
半藏門
櫻田門
(外櫻田門)
警視廳
日比谷公園
社會黨總部
憲政紀念館
國會議事堂
井伊掃部頭上屋敷遺跡
0
500m

冬天到了，又輪到我們的徒步之旅上場了。

各位讀者，新年快樂！徒步日記已進行到第四回。

前幾回也曾向讀者說明，《小說新潮》當初每年出刊兩次《時代小說特集》，之所以採用我們的系列企畫，主要是為了湊字數（哈哈哈！）。諸位大概也已熟知，今年夏天我們曾挑戰箱根八里①的崇山峻嶺，全體隊員累得筋疲力竭地回到東京。也因為上次的經驗，我和責任編輯尼古拉江木都認為，這次的企畫實施地點還是回到江戶吧。

說起「江戶」，令人意外的是，這座城市居然找不到一處值得專程走去的地點。不，倒也不能這麼說，譬如我寫捕物帳②小說時會遇到疑問：「從神田明神下走到青山要花多少時間呢？」這時為了實地考察，我就會一步一步親自走一趟，但要是把這種徒步遊寫成文章，讀者看了一定覺得很無聊吧？思來想去，我不禁納悶起來，難道江戶就真的找不出一條讓人覺得有趣的徒步路線嗎？

就在我絞盡腦汁百思無解時，剛巧有事到出雲和松江去了一趟。那次旅行不但吃到許多當地的美味點心，還遊覽了宍道湖和松江城。松江城的天守閣上掛著許多全國各地城樓的照片，並冠上「日本的名城」的標題，當時我數了一下，其中九處我已參觀過，比自己想像的多。回到東京後，我跟尼古拉江木聊起這件事。

「是啊，我也對城樓很有興趣，而且也算看過不少，但現在突然想到，每次列舉『日本的名城』的時候，我們都沒把『江戶城』算進去吧？」

原來如此……他這麼一說，才發現事實果然如此。

「對呀，因為我們從沒認為那是『江戶城』，而總把它看成皇居。」

「所以作為史蹟的江戶城，說不定是個盲點喔。」

對呀！說完，我們倆同時露出微笑。

所以，這回徒步日記的路線決定為「『史蹟．江戶城』繞城一周」，企畫執行日訂在平成七年十二月十五日。那天是個大晴天，風和日麗的好日子。

1　奢華陣容，一齊出發

當天，徒步小隊相約在丸之內的東京會館大廳集合。因為從這兒過馬路走到十字路口對面，就是今天的起點馬場先門。這次的路線打算從這兒開始，以逆時鐘方向在內堀③和外堀④之間迂迴曲折地繞城一圈。

這次徒步隊成員跟以往有些不同，以往三次最有活力也保持最年長紀錄的馬克田村，今天因為另有要事而缺席，代替他來參加的是青春活潑的年輕攝影師土居。土居是四國人，年輕又有幹勁，令人想給他取名為「讚岐烏龍麵土居」。他今年才二十五歲！比我和尼古拉江木整整年輕十歲！

「哎呀！土居先生，我踏入社會做事的時候，你還穿著短褲在小學操場打躲避球呢……」我激動得幾乎失去控制，尼古拉江木也故意冷冷地說：「土居君好年輕啊。背得動行李吧。」前三次活動，江木對馬克田村非常體貼，總不忘時時向他問道：「要不要幫你背三腳架？」從我們對年輕人生出的妒忌可得出一個結論：尼古拉江木和我已朝向中年的行列踏入偉大的第一步了。不過讚岐烏龍麵土居對我們的冷言冷語卻一點也不在意，真了不起！

除了土居之外，還有兩位增援隊員更是令人眼前一亮，一位是出版部的「廚師中村」，他也參加過我們第一回忠臣藏徒步之旅，另一位則是令人肅然起敬的校條總編輯！

「總編輯，您真的要來參加？要走很多路喔。」

總編輯拍拍胸膛答道：「沒問題！我每天早上到車站要走二十分鐘呢。」

我忍不住低聲問尼古拉江木：「年底這麼忙的時候，總編輯不在辦公室，不要緊啊？」

尼古拉江木嗤笑著說：「完全沒問題！他不在大家反而高興得很呢。」

原來如此。

原本上次同去箱根的文庫版編輯「博士阿部」今天也會來的，那天他背來的水壺還立了大功呢，可惜因為得了流行性感冒，留在家裡休息。

「那傢伙真的是感冒？不會正在玩《勇者鬥惡龍VI》Ⓐ吧？」尼古拉江木說。疑心病變重也是人到中年的跡象喔！我給他迎頭澆下一盆冷水，同時也有點心虛，因為我自己也曾因打電玩而延誤了訪談約會Ⓑ。

如此這般一路閒聊著，五名隊員齊步走向馬場先門。我一面走過行人穿越道一面向大家說道：

「老實說，這還是我第一次到皇居來呢。」

「啊！」眾人一致發出驚嘆聲。

「哎呀，因為住在東京嘛，學校的畢業旅行又不會到這兒來。」

「這裡可是有名的約會場所喔。」

「那再告訴你們吧，千鳥淵的小船我也沒坐過。」

「……宮部小姐的青春時代過得很寂寞喔。」這話是從誰的嘴裡冒出來的，我暫且替他保密吧。說這話的人小心我以後找你算帳唷。（我們住在下町的百姓若是約會想划船的話，是到上野公園的不忍池去啦。）

眾人邊走邊聊七嘴八舌地渡過馬場先濠，來到皇居外苑，左邊遠方可以望見警視廳大樓，那裡正是櫻田門，也是我們今天的終點。從這兒望去似乎距離很近，但作為旅途終點似乎又嫌太遠。

皇居外的草坪綠草如茵，許多拿著相機的遊客正在那兒悠閒漫步，停車場上有兩輛黃色哈都巴士，外國遊客的身影顯得十分引人注目。畢竟這裡是觀光勝地啊！即使現在是十二月，又是上班時間，還是有這麼多遊客到這裡來。我們朝著二重橋筆直前進，不一會兒，左側路旁出現了有名的楠公像⑤，許多觀光客正在這兒拍照留念。

「真不知楠正成為何對後醍醐天皇那麼忠誠？」

「可能在當時人們眼中，足利尊氏⑥還是算背叛者吧。」

眾人一路閒聊著走過內堀通，來到所謂的皇居前廣場。這裡也是電視上最常看到的皇居場景。我們踩著碎石子一路前進，走到二重橋前，剛好看到擔任衛兵的皇宮警察正在進行交接儀式。

「儘管人數不多，但跟電視上看到的白金漢宮衛兵交接儀式有點像喔。」我說。不過白金漢宮的衛兵交接儀式的氣氛更嚴肅，不像這裡已變成了專供觀光客欣賞的表演活動。

說起二重橋，真不好意思，我今天才知道橋名的由來，原來橋梁基座的粗木和架在上面的橋身因高度不同，從側面看來像是上下兩座橋，所以才叫做二重橋。原本我對這座橋的認識，只知道有一首歌〈東京到啦，媽媽〉⑦，寫到這兒，我想起有一段時期，因有需要而研讀昭和史及第二次大戰有關的書。一天，我坐上計程車，車內收音機剛好播放這首歌，之前從來不曾注意聽過的歌詞突然湧入心底，霎時間，淚水溢滿眼眶。我想，這種經驗畢竟證明自己已經步入中年了吧？（這回徒步之旅的成員令我十分在意自己的年齡，因為有年輕人來參加嘛。）

今天的天氣真好，風和日麗，徒步小隊的心情也像出門遠足般的輕鬆愉快。眾人先拍了幾張照片，欣賞一下碧綠的城河，便朝右方的坂下門前進。在我們實地展開「繞城一周之遊」前，讓我先把江戶城的歷史簡單地向大家介紹一下吧。

2　江戶城與火災

「江戶城是誰建的？」

「德川家康。」

「錯！可惜答錯了，正確答案是太田道灌。」

很久以前我們就聽過這類連雜學也談不上的猜謎問答。然而，道灌真的是一夜之間就在這片荒蕪土地上建起了江戶城嗎？事實並非如此。其實道灌是室町時代的人，在他出生更早之前的平安時代末期，有個叫做江戶重繼的人就已在這裡建造了自己的居所。江戶重繼也是桓武天皇後代坂東平的子孫，他開始在這裡定居可算是江戶城最早的起源。江戶家後來家道昌盛，還獲得鎌倉幕府的重用。但到了室町時代，江戶家族四分五裂，位於江戶的居所空置了很長一段時間。也因此，江戶家留下的居所後來才會被太田道灌看上。那麼道灌為何選擇在這裡定居呢？簡單地說，跟當初江戶家在這裡建造館舍的理由是一樣的，因為這裡面向江戶灣，位踞高地一角，易守難攻，具備了天然要塞的條件。

但對現代人來說，要從攻守角度來思考建城緣由卻有點困難。就像我現在一面漫步一面欣賞右側遠方那些林立於都心的高層大樓，嘴裡嘀咕著「從前這附近全都是海喲」但心裡卻沒有任何實感。我只知道城樓建在水邊高地是一件不錯的事，嗯！這點我倒是很有感覺。這都得歸功我最近玩了很多歷史模擬電玩遊戲（這類電動遊戲裡有很多攻城的場面唷）。

當初太田道灌為什麼跑到江戶來建城呢？因為當時他在統領關東地區的關東管領扇谷上杉家擔任家宰（相當於家老⑧的職位，但比家老更有權威）。這件事對喜歡歷史的讀者來說，原是比常識還基本的知識，所以別說一般雜學猜謎不會問「江戶城是誰造的」，就連日本史考試也不會出這種試題。其實我個人覺得不考這種題目也有點奇怪啦。但我們現在暫且不談這個問題，先向各位介紹一下道灌所建的「第一期江戶城」吧。據說新建的城樓美侖美奐，宏偉壯觀，可惜現在並沒留下詳盡的第一手資料，我們只能根據有限的紀錄和資料來推測城樓的外觀。

城樓建成時正值戰國時代，道灌後來被上杉定正所殺，江戶城也歸上杉家所有。接著小田原的北条家攻入江戶，並把江戶當作自己的副城之一。到了戰國中期，豐臣秀吉征討小田原的那場著名戰爭中，北条家被打敗了，他們交出自己原有的領地時，也把江戶城交給了德川家康。家康是從這時起才在江戶城的歷史上登場。豐臣秀吉命他「從三河搬到關東去」的來龍去脈，也是戰國歷史小說裡令人玩味的場面。從結果來看，德川家康沒有反抗而決定順從地遷往東邊，這個抉擇是正確的，因為在這片土地上，德川家後來掌握了近三百年的政權。

據說德川家康當年遷到江戶城的時候，城內只剩斷垣殘壁，爛瓦破屋，遍地雜草叢生，一片荒蕪景象。隨他一起來到江戶城的那群三河⑨武士心裡想必都很失望吧。但值得稱讚的是，他們並沒因此自暴自棄，反而立即投身於城下町的建設工程。德川家康遷移封地至江戶城的兩年後，也就是文祿元年（西元一五九二年），他開始著手興建江戶城的西丸⑩部分。之後，由於關原大戰⑪以及與豐臣家的最後決戰，中斷了築城工程一段時期。但後來趁著江戶開府的契機，各項工程又重新投入建設，我們今天所看到的「江戶城」基本結構就是那時江戶幕府傾注全力建造起來的。

德川家康去世後，他兒子秀忠、孫子家光兩代繼續擴大城郭。整個城池建設完成，是在寬永十三年（西元一六三六年），當時的城郭規模幾乎涵蓋今日東京千代田區的全部面積，共有三道城河，層層圍住位於中心的本丸⑫。據說最外側的城牆共開了三十六個城門，主要建築物除了富麗堂皇的本丸和西丸之外，還有天守臺⑬和數目繁多的櫓樓⑭。

但誰也沒料到，如此豪華宏偉的「第二期江戶城」後來卻接連遭到好幾次火災。首先是「明曆大火」，也就是俗稱的「振袖火災」⑮。明曆三年（西元一六五七年）正月十八日，火苗最先從本鄉五丁目冒出來，當時正是吹著強勁西風的季節，剛巧又碰上隆冬的乾燥期，大火一直延燒到十九日都無法撲滅。就在眾人憂心忡忡不知如何是好的時候，小石川傳通院前的新鷹匠町又冒出新的火苗。火勢一發不可收拾，很快就延燒到江戶城內，最後竟連本丸和天守閣都燒掉了。二之丸也全部付之一炬，唯有西丸因風向改變而在驚險中保存下來。當時城牆的櫓樓裡儲藏了許多火藥，如果大火繼續延燒，後果不堪設想。當時統領江戶城的是四代將軍家綱，他等於在一夜之間把曾祖父、祖父、父親耗時三代建起的日本第一大城都毀了，像他這麼背運的不孝子孫也真是罕見啊。

幾次大火中遭到摧殘的當然不只是江戶城，江戶市區的大部分建築也都毀於一旦。幕府為了不再重蹈覆轍，決定記取教訓，重建江戶市街時以「耐火」為首要目標。但這筆經費對幕府卻是非常沉重的負擔。本丸和二之丸[illegible]不能不建，曾被人評為「只有觀賞用途的建築」（家綱的叔父保科正之說過這句話）的[illegible]也不曾重新站起來。說來很有趣，德川家共十五代將軍，其中三分之二住過的江戶城[illegible]守閣。另一方面，原本位於吹上的御三家⑯宅第遺址也因為這場大火而劃到城外，[illegible]片廣闊而奢華的庭園，名為「吹上御庭」，據說是景色很美（裡面還有櫻花林）的[illegible]

明曆大火之後，江戶[illegible]大大小火災的劫難。我看到相關資料的時候，心裡明知不該，還是忍不住笑起來，[illegible]本丸御殿後來燒毀三次，重建三次，到了文久三年（西元一八六三年）第四次燒毀後[illegible]無力再建。二之丸曾燒毀四次，重建五次，慶應三年（西元一八六七年）第五次燒毀。西丸也燒毀五次，歷經七次重建或整修。後來從二之丸擴建出來的三之丸也有過一次燒毀與重建的經驗。總之，江戶城反覆經歷燒毀、重建，像在玩一場悲慘的原地踏步遊戲。誰又能想到戰國時代壓倒性勝利者德川家康在火災的面前卻一點辦法也沒有。後來隨著時代推移，德川幕府的財政狀況愈來愈窘迫，無力整修而放棄的設施也愈來愈多。寫到這兒，讓我再回頭說明一下，明曆大火把諸多大名的宅第燒得片瓦不留，那時燒掉的全是充滿桃山時代優雅風味的美麗豪宅，後來重新修建的宅第則變得比較樸素而實用。所以明曆大火之後，江戶市街的氣氛肯定跟火災前大不相同。

現在回顧這段歷史，我們不免慨嘆：「江戶城居然還留下了這麼多史蹟。」所以大家使用火燭一定要小心喔。

3 這座橋、那座橋

當年江戶城河上橫跨著許多橋梁，城門前面也設有警衛站（叫做「見附」），其中一部分的橋名與站名現在仍然隨處可見，有些甚至變成了東京的地名或車站名稱。這次徒步小隊繞城一周之旅的目的之一，就是去參觀一下這些「城門」。

我們走到坂下門前時，剛好看到城門大開，一名警衛手拿對講機正在跟門內聯絡，同時揮手示意一輛ＮＴＴ數據公司的汽車駛進城門。

「對了，皇居也有很多業者進出吧。」

「可能裡面有電腦吧。」

我曾在東京瓦斯當過僱員，這時想起以前上司說過，他到皇居去檢查瓦斯設備時，心裡難免還是會緊張。

從地圖上觀察，走進坂下門之後，順著道路往前看，應該會看到正前方的「富士見櫓樓」。但因為我們只能隔著城河抬頭仰望，很難分辨牆內各建築的名稱。四人一路向前走去，宏偉壯觀的堆石牆令人讚歎，漆著白石灰的城牆外壁看得出有些部分曾修補過，我們一面前進一面感到訝異，沒想到那些「投石臺」（城樓的窗下留出一塊狹窄空間，底部是木條組成的地板，地板上有很多縫隙，可從縫隙向下投擲石塊以防禦來襲的敵人。只可惜室內的暖氣也都從這些縫隙跑掉了）居然都保留得很完美。

「除非是來跑馬拉松，否則一般人通常不會走到這裡來的。」廚師中村低聲說，「不是坐地鐵從這下面經過，就是坐計程車通過這旁邊的馬路。」

說完，剛好看到「皇宮飯店」在右邊路旁。對啦，很多作家都在這兒閉關寫作，還有很多作家在這兒開過派對，但從來沒有作家扛著背包從這家飯店門口走過吧，我想。這裡不但是市中心，更是市中心的中心唷。

寫到這兒，我想起三年前曾到深川閒逛，也正是因為那次遠足，才會有後來的徒步日記誕生。記得當時在沿途看到很多貌似泡沫經濟崩潰帶來的傷痕景象，譬如：空蕩蕩的新建大樓裡一間店鋪也沒有、鋼架才搭起一半就棄置的建築物、形狀怪異無法使用的空地、緊密相連的民家之間驀然冒出一塊月租停車場……後來我們進行「盛夏的忠臣藏」之旅時曾走到第一京濱公路，在那些擁擠林立如高牆的大廈背後，我更驚訝地發現一些老舊的長屋⑰式集體住宅早已變成了廢墟。

好在皇居周圍倒沒看到這類令人傷感的遺物。眼前那些比鄰而立的高樓都是年代悠久、構造堅實的建築，幾乎都屬於銀行、商社或大製造商。「那是三菱商事！」「啊！日本鋼管。」「三井物產欸。是總公司吧。」眾人七嘴八舌地嚷著。這些大樓似乎讓我們看清了泡沫經濟風暴究竟吹向何方。

我們繼續前行，桔梗濠⑱就在左側路旁，路面和城河水面之間的高度只差兩公尺左右。一直走到大手門前方，路面雖然高了一些，卻並不太高，因為正在河面戲水的鴨子立刻發現了我們。群鴨一齊拍著翅膀嘩啦嘩啦飛到眾人面前。這些鴨子看到人不逃走反而飛過來，大概以為我們會餵牠們東西吃吧。

「哇！鴨子！」我說。

「是天鵝啦。」尼古拉江木很認真地糾正我，聲音低得不讓其他人聽到。

大手門是江戶城本丸的正門，三百諸侯進城拜謁將軍時就從這座門進去。據說門內有棟古老的建築叫做「百人番所」⑲，但從門外卻完全看不見。宮內廳醫院也在門內，大手門前一直向東延伸的道路是永代通，地下則有營團地鐵東西線通過。其實只要搭上這條線的電車，我就能直接回家了，可我現在卻得耐著性子繼續走下去。

走了沒多久，城河開始略帶弧度向左延伸，正前方的遠處即是綜合商社「丸紅」的總公司大樓。自從洛克希德事件發生後，這家商社在大家腦中留下極壞的印象，也成了奸商的代名詞，幾乎跟通俗時代小說裡的「越後屋」不相上下。不過丸紅總公司的大樓看來卻很樸素，外觀構造也不算特別宏偉。原來丸紅就在這裡啊！眾人發出一陣感嘆，又轉眼四望，這才發現皇居周圍也是政府機關聚集地，光是眼前就有三棟政府機關辦公樓，氣象廳更是近得伸手可及。我們從古地圖可以看出，當年的城河形狀已有所改變，無法跟今天的城河重疊對比，但我們依稀可推測出，這附近正好是一橋家[20]和號稱「下馬將軍」的酒井雅樂頭家[21]的屋敷。

前方的城河和道路持續向左畫出柔和的弧線，前面就是平川門。這座門是大奧的女中出入的通道，也是御三卿[22]進出江戶城的專用城門。讀者您如果看過去年的大河連續劇[23]就知道，所謂的「御三卿」，是八代將軍吉宗為了對抗「御三家」而分封的新御三家。據說剛才曾讓我們興奮得呱呱大叫的丸紅總公司那個位置，當年就是吉宗的四男，亦即「御三卿」之一的一橋宗尹的屋敷所在地。從古地圖上尋找（我參考的是文久元年的地圖），這個位置有座城門，叫做「一橋御門」，卻沒看到「平川門」的名字，而在一橋御門與竹橋御門之間，卻看到另一座雉子橋御門。唉！看到這兒，我覺得好可惜啊。為什麼江戶城和城河不能原封不動地保存下來呢？

說到平川門，這座門是江戶城的後門，也叫做不淨門，城裡的傷者、死者或犯了錯的大名等送出城時都走這座門。當年淺野內匠頭，還有因醜聞被處以流刑的大奧女中江島[24]就是從這座門被趕出城的。那座通往城外的木橋至今仍保持著舊日風貌，據說橋上的擬寶珠[25]也是從慶長十九年（西元一六一四年）一直保留至今。

好了，走到這兒，已來到皇居正北頂端，也就是竹橋，今天的全程差不多走完一半了。前方的《每日新聞》大廈面對城河高聳路旁，我想起手裡還有《每日新聞》委託的工作，已經拖延了好久還沒做完，只好掩面悄悄溜過。年底這麼忙碌的時候，我這是在幹嘛呀！

「今天帶一面旗子來就好了。」尼古拉江木說。「宮部小姐在這兒喔！」廚師中村說著向「每日新聞」大廈揮揮手。我加緊腳步迅速跑過。抱歉嘍。

這時，校條總編輯開口說話了：「這棟『每日新聞』大樓啊，我記得以前『讀者文摘』也在這大樓裡呢。」

「咦？『讀者文摘』不是那家美國雜誌嗎？」

「對呀！對呀！不是被『每日新聞』收購了？」

喔……這座大膽面向皇居建起的高樓，原來當初是有美國資本？這真是有趣的現象。

「這裡好像有個紀念碑喔。」

一直沉默無語的攝影師讚岐烏龍麵土居突然指著城河旁的小型花壇說。眾人走上前去，看到一塊書寫「太田道灌追慕之碑」的石碑。這時剛過正午，一名正在午休的上班族坐在石碑的臺階上看書。我們四人興高采烈地從碑前走過，繼續朝向清水門前進。根據古地圖記載，當年這座門可直通清水家屋敷，再往前有一座田安門，可直通田安家屋敷。附近除了這兩家外，再也看不到大屋敷，其他的屋敷都顯得十分細碎狹窄。或許這種構造的目的就是想凸顯「御三卿」權傾江戶的形象吧。

一行人走進了清水門，門內現已改名為「北丸公園」。我曾到公園裡的武道館聽過幾次音樂會，但科學技術館可從沒來過，也從沒像今天這樣悠閒地在這裡散步。園內到處都是來此打發午休時間的遊人，還有些粉領族正在吃便當。園內有座吉田茂銅像，我突然發現銅像臉孔跟電影明星森繁久彌長得很像，或許因為《小說吉田學校》改拍的電影裡，吉田茂一角是由森繁先生飾演的關係吧？也可能受了先入為主的心理作用影響，總之，我覺得那銅像簡直跟森繁先生一模一樣。

以前每次到武道館看表演，總是在深夜才結束，那時北丸公園的出口（也就是清水門）早已關閉，所以我從沒發現武道館四周還保存著這麼多歷史遺跡。我們登上武道館旁的坡路，一直走到盡頭時，看到一塊特別引人注目的小紀念碑。石碑的位置緊靠路邊，就像站在山崖邊緣似的。根據碑文介紹，關東大地震之後，昭和天皇曾佇立在此眺望重建後的東京下町。

「原來如此，從前只要站在這個位置，就可把下町景象看得一清二楚。」

我們穿過北丸公園，繼續朝向千鳥淵走去。直到自己親身走上這條路，我才明白道灌當年為何將此處視為天然要塞。因為從今天的起點馬場先門附近看起來，千鳥淵好像近在眼前，但實際走在這條路上，又覺得千鳥淵十分遙遠。這種地形高度造成的差距，如果只在千鳥淵附近閒逛就完全感覺不出來，如果只在丸內隨意漫步，也感覺不出來，只有走過整段路程後才能深刻體會其中的差別，也才會從心底發出讚歎：對呀！原來這裡是一片臺地！北丸公園裡還有些頂著茅草屋頂的巨大門樓、高大堅實的土牆……儘管一旁並沒豎立任何標誌，昔日的城樓身影卻隨處可見。參觀這些遺跡後再爬到臺地頂端，「江戶城」的形象就像幻影似的，從眼前皇居的綠色樹海對面緩緩升起。這種親身的經驗真的非常寶貴。

4 突發狀況！

我們在九段下吃了午餐，休憩片刻後，重新踏上旅程。午後行程的起點是千鳥淵。眾所周知，這裡是著名的賞花景點，即使現在不是花季，這裡的風景依然優美宜人。我們今天還看到另一種新景象：城河對岸幾處地點都架起了貌似照相機的器材，可能是光學感應裝置吧。不僅如此，我還看到皇居四周城河的護牆上，許多警衛正在來回巡邏，那牆頭簡直高得令人眼花。

「他們身上都綁著救命鋼索吧？」

我努力集中視線想要看個清楚，結果當然什麼都沒看見。

接著，我又發現另一個現象：千鳥淵公園裡不知為何竟有許多貓兒，而且數目不只是一隻兩隻，而是這兒一群，那兒一群，到處都能看到貓兒。但那些貓都很乾淨，一點也不像野貓，也不懼怕生人。這時正好有一名上班族坐在木椅上抽菸，一隻貓兒蜷背坐在他身邊。

「對不起，請問這是您的貓嗎？」我問。上班族對我露出了苦笑。

「不是啦。這裡有好多貓，都住在這裡唷。」他向我說明。以前我來這兒賞花時倒是沒注意，原來這裡是個貓之王國Ⓒ。

出了公園後，我們心無旁騖地一直向南走，走到半藏門的北門前面，道路又跟內堀通合而為一，路旁依然種滿櫻花路樹，往來車輛當然也都風馳電掣，開得飛快。這段路的景色剛好跟早上相反，城河現在位於我們左側，高樓與路上汽車則位於右側。北門跟半藏門之間有一段城河叫做半藏濠，眾人一邊打量路邊的英國大使館一邊繼續向前，這條路幾乎是一條直線，從很遠的距離外就可把前方的半藏門看得一清二楚。

就在這時，我發現前方狀況有異。

「半藏門附近好像有很多人圍在那兒喔。」

只見前方遠處站著三、四個女人，還有七、八名穿制服的警衛。走近一看，才看清那是半藏門的警衛站。

半藏門周圍的城河和道路（包括架在城河上的橋梁在內）之間高度落差很大，給人一種地勢雄偉的感覺，聚在門前的幾個女人正湊著腦袋聊天，似乎聊得很高興。看她們的模樣不像觀光客，也不像在欣賞城河和城橋，但每人手裡都拿著相機，眾多警衛也面帶笑容地在跟她們聊天。更奇怪的是，警衛雖在閒聊，手裡卻拿著一堆「禁止通行」的標誌排在路旁。

「請問，發生了什麼事嗎？」

警衛聽了尼古拉江木的疑問，笑著對他說：

「等下雅子妃殿下要從這兒經過。」

哎唷！原來如此！這群女人原來是皇室粉絲！

看到我們徒步小隊驚訝的表情，警衛又笑著說：

「只要不走出標誌區，你們也可以在這兒照相。再過十分鐘就要來了，在這兒等一會兒吧。」

另一名警衛說：「今天看熱鬧的人比較少，可以站在最前面哦。」

既然碰到這麼好的機會，就在此暫待片刻吧。

「土居君，鏡頭角度如何？」

「我希望鏡頭取得愈近愈好。」

「大家應該安靜點喔。」

眾人你一言我一語閒聊著，原本手拿對講機頻頻通話的警衛突然一起走上馬路。半藏門的十字路口向來交通壅塞，老實說，我還多事地在替他們擔憂：不是說十分鐘之後雅子妃就要從這兒經過？再不趕快交通管制，豈不是來不及了？誰知事實完全出人意料。只見左前方的遠處似乎有三輛黑頭車正在兩臺白色摩托車的前導下逐漸駛近，那些警衛人員的動作也真迅速，我還沒看清來車，他們已攔下了所有往來車輛，把道路空了出來。

「雅子殿下！」

那幾個從剛才就在門前等候的女人一起發出叫喊，並舉起相機拍照。天氣雖然寒冷，車中的雅子妃殿下卻搖下車窗，向路邊那些女人和警衛含笑致意，一眨眼工夫，車隊就從眼前飛馳而過。我看到王妃身上穿著白洋裝，頭上還戴著帽子喲。

車隊剛剛通過，警衛立即極有效率地解除交通管制，路上的車輛又開始川流不息。

「動作好熟練喔。」我發出由衷的讚歎。那群女人跟警衛又開始愉快地閒聊起來，這時，一名騎自行車的女人從旁邊經過。

「你早點來就好了。」

「好可惜喔。」

眾人七嘴八舌地對她說。

「我們今天環繞江戶城一周，也等於環繞皇居一周，碰到這種突發狀況倒是挺巧的。」

說著，徒步小隊離開了半藏門。現在只需再走一小段路，就能到達最終目標——櫻田門了。

走到憲政紀念館前，大伙兒一起坐下小憩片刻。看著隔鄰的社會黨（現在的社會民主黨）總部大樓，眾人的話題也就不免繞著「櫻田門事變」㉖打轉。因為憲政紀念館的位置正是當年井伊掃部頭的上屋敷所在。

「雖說光憑古地圖也能想像，但親自走一遍之後，就更能深刻體會了，井伊家屋敷距離櫻田門真的好近啊。」

櫻田門的正式名稱應該是「外櫻田門」，它的升形結構㉗仍保留得非常完整，現在算是一座極珍貴的城門。從這裡走到井伊家屋敷的距離，跟現在營團地鐵有樂町線櫻田門站兩端間的長度比起來……我想，或許相當於一點五倍吧。江戶時代的大名進城時當然都是坐轎子，據說當時轎夫總是抬著轎子快步飛奔，因為萬一在路上遇到不測，轎子必須立即加速前進，轎夫為了應付這類突發狀況，一扛起轎子就開始低頭猛跑。實在也太辛苦了！我們由此也可推論，井伊大老遇刺時，他的轎子應該也在飛速前進（當時正值幕府末期的亂世，或許轎夫經常得飛奔趕辦急事吧），誰知還是在途中遭到刺客的襲擊。

「只能說他運氣不好吧。」尼古拉江木說。

「難道就逃不過暗殺的命運嗎？」我說。

說完這句話的瞬間，才疏學淺的我也不免感慨：「歷史是有生命的。」歷史為了讓史實走向它的意志所期待的結局，總在關鍵時刻製造出重重的偶然，或演出各種幸與不幸的故事。井伊大老遇害這場意外等於掐斷了江戶幕府的喉嚨，事件發生之後，幕府像從山頂一路滾下來似的逐步走向瓦解。大老在離家這麼近的路途上遇刺，或許也不能責怪別人，只能說他是被即將邁向新時代的「歷史」奪走了性命。而對井伊直弼來說，從他家到櫻田門的距離真是漫長得難以想像啊。

離開櫻田門之後，徒步小隊很快就回到了今天的起點馬場先門。這次我們從跟早上出發時完全相反的行進方向通過內堀通十字路口，我一面過馬路一面不經意地回頭望了一眼，二重橋四周早已點亮了路燈，看起來就像古時的油燈那麼美麗，皇居的森林在暮色中顯得十分寧靜。今天的「江戶城繞城一周」是一次愉快又充滿嶄新體驗的徒步之旅。我們不跑馬拉松的人照樣可以環繞皇居一周，各位讀者也可選個氣候宜人的季節去嘗試一下繞城一周之旅。

最後，向您預告下次的徒步主題，我們即將進行萬眾期待（？）的「毒婦美幸」第三回。這次好像要把我流放到八丈島去嘍。敬請期待！

※參考文獻

《千代田區史蹟與觀光》（千代田區公所）
《國史大辭典》（吉川弘文館）
《千代田參觀景點》（千代田區觀光協會）
《江戶切繪圖》（新人物往來社）
《幕末人物事件散步》（人文社）
《江戶城》戶川幸夫著（成美堂出版）

注釋、解說、後記

Ⓐ《勇者鬥惡龍VI》：任天堂的電玩軟體「DRAGON QUEST VI」。平成七年十二月的時候這軟體才剛剛上市，相信也有很多讀者飯也不吃，澡也不洗，不眠不休地整天玩這遊戲吧？

Ⓑ延誤了訪談約會：那次究竟延誤了跟誰的訪談？這件事打死我也不會說的。不過那次害我遲到的軟體是「皇家騎士團2」。最先創造這軟體的松野先生現已跳槽到史克威爾公司。松野先生，請您繼續開發「皇家騎士團」軟體系列，粉絲都在引頸期盼您的新作唷。

Ⓒ貓之王國：據說這個王國的名字叫做「綠道」。這些住在千鳥淵的貓哥貓姊在皇居周圍相當有名。「都是附近居民在餵養。其實這是不可以的，但總是有人餵牠們，遇到下雨天，為了怕牠們淋濕，還有人用紙盒幫牠們搭小屋避雨。貓隻的總數究竟有多少？因為從沒確實調查過，所以無從了解，大概有二十隻吧。牠們之所以比較像家貓，可能是因為附近住民對牠們很和善的緣故吧，不過真實原因究竟為什麼，還是請您直接去問那些貓哥貓姊吧。」（千代田區有關單位表示）

譯注

①箱根八里：從小田原經箱根關卡至三島，這條路全程約八里，一里約等於四公里，所以全程約三十二公里。

②捕物帳：一種日本偵探小說的寫法，最早由明治時代劇作家岡本綺堂所創，他於一九一〇年代開始創作《半七捕物帳》，前後共寫了六十九集。

③內堀：即內護城河，也寫做「內濠」，圍繞江戶城挖掘的城河有兩圈，最靠近城樓那圈叫做內堀。

④外堀：即外護城河，亦寫為「外濠」，圍繞江戶城的城河最靠外圍的那圈叫做外堀。

⑤楠公像：楠木正成的銅像。楠木正成是鎌倉時期至南北朝時期的著名武將，一生效忠後醍醐天皇，成為後世的忠臣典範。

⑥足利尊氏（1305–1358）：鎌倉時代後期至南北朝時代的武將。因見後醍醐天皇不得人心而有自立政權的野心，後來擁立北朝的天明天皇，開闢室町幕府並成為第一代將軍。

⑦〈東京到啦，媽媽〉：船村徹作曲，野村俊夫作詞，一九五七年上演的同名電影的主題曲，由著名歌手島倉千代子演唱。

⑧家老：江戶時代武士家的管家，多為世襲。藩主家中通常都有好幾名家老。

⑨三河：今天的愛知縣東部，古代曾設三河國，德川家康曾任三河領主。

⑩丸：領主城樓內的各個部分，也稱為「廓」或「郭」，江戶時代以後改稱「丸」。

⑪關原大戰：日本戰國史上最重要的一場戰役之一。這場戰役奠定了日本天下統一的根基。關原位於今日岐阜縣不破郡關原町。此戰之後過了數年，歷經大阪冬、夏兩戰，開啟了德川家長達三百年的幕府統治。

⑫本丸：城樓的中樞部分。

⑬天守臺：天守閣下面的石基。

⑭櫓樓：類似城牆角樓的建築物。

⑮振袖火災：「振袖」是年輕未婚女孩所穿的和服，袖長及地。傳說江戶某當鋪家女兒梅乃去世時，父母將她喜愛的一件振袖和服陪葬。在火葬儀式上，寺院住持將振袖投入火中時，天上突然颳起大風，將振袖和服吹上天空，飛落在寺院屋頂，頓時引燃這場大火。江戶市街的三分之二燒成灰燼，十萬以上民眾燒死。

⑯御三家：「御三家」是指尾張德川家、紀州德川家、水戶德川家。三家始祖分別是德川家康的九子、十子、十一子。德川家康生前明定：若將軍家本家沒有子嗣繼承將軍位時，便從御三家選出下一代將軍。

⑰長屋：一棟房子隔成幾戶的簡陋住宅，江戶時代下級武士大多住在這種住屋裡。

⑱桔梗濠：桔梗門附近的城河。

⑲百人番所：大手門進城後最大的檢查站。由四個護衛組各派百人當值，所以叫做百人番所。

⑳一橋家：指一橋德川家。

㉑酒井雅樂頭：酒井雅樂頭本名酒井忠清，雅樂頭是官銜，他是德川家的近親與近臣，因三代將軍家光把江戶城大手門前下馬札旁的一所舊宅封給了他，故被稱為「下馬將軍」。下馬札是一塊木牌，提醒騎馬進城的官員見札下馬，以示敬意。

㉒御三卿：八代將軍吉宗認為「御三家」跟德川家血緣日薄，所以另封「御三卿」，即田安德川家、一橋德川家、清水德川家，這三家的始祖分別為八代將軍吉宗的次子、四子和九代將軍（即吉宗的長子）的次子。

㉓去年的大河連續劇：指一九九五年的ＮＨＫ大河連續劇《八代將軍吉宗》。

㉔大奧女中江島：江島是七代將軍德川家繼的繼母月光院的女中，與歌舞伎演員生島新五郎戀愛並發生姦

情，被罰流放到信濃高遠。

㉕擬寶珠：木製欄杆上的鐵製球形裝飾品，球頂突起像針尖。

㉖櫻田門事變：西元一八六〇年三月二十四日上午，幕府大老井伊直弼進入江戶城的途中，在櫻田門外被十八名刺客砍下首級。這次事件即是日本歷史著名的櫻田門外之變，象徵下級武士開始以實際行動推翻幕府。掃部頭是井伊直弼的官職。

㉗升形結構：城牆上只開一座小門，門內有個四方形廣場，形狀似「升」，四面高牆聳立，真正的城門開在這塊廣場的左側或右側牆上。

第五回

離島流犯高唱〈珍重再見〉

平成八年七月十五、十六、十七日

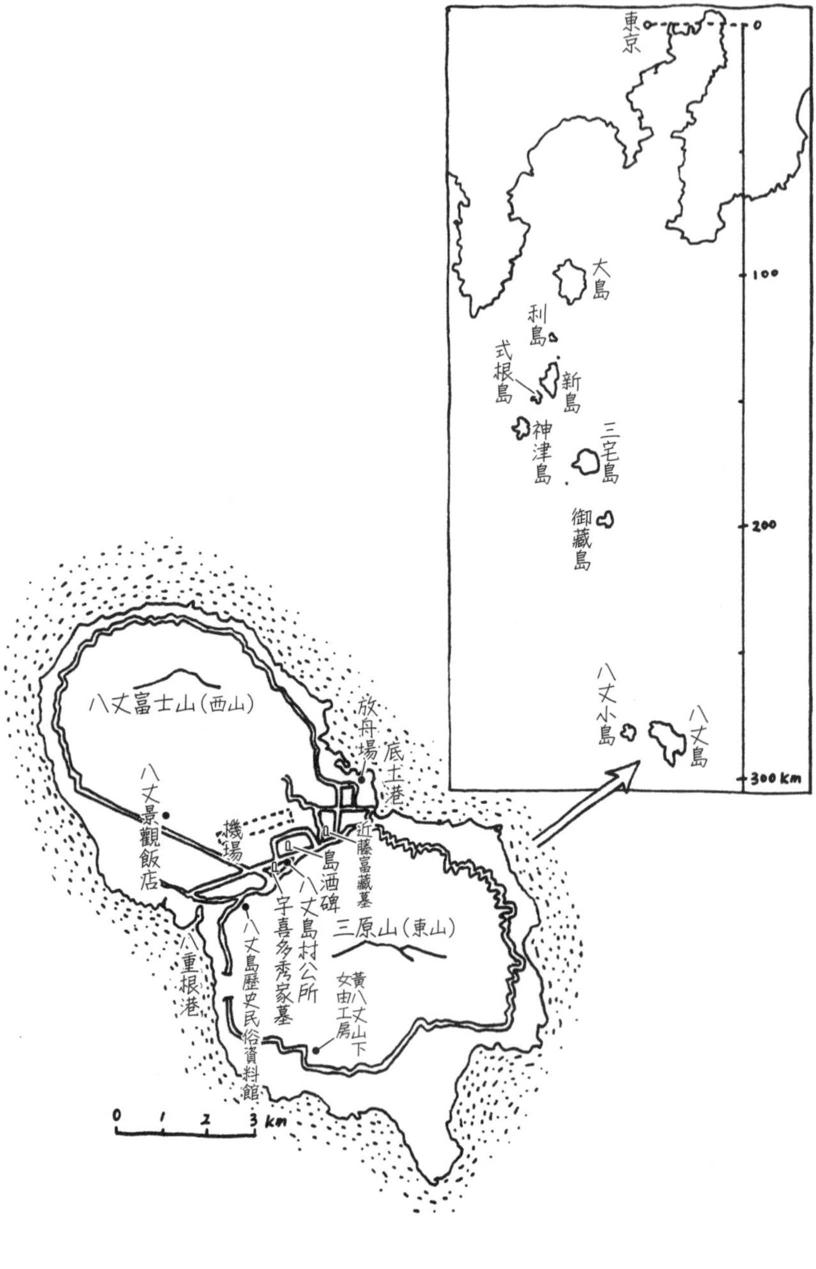

東京
0
100
200
300 km
大島
利島
新島
式根島
神津島
三宅島
御藏島
八丈小島
八丈島
八丈富士山(西山)
放舟場
底土港
八丈景觀飯店
機場
近藤富藏墓
島酒碑
八丈島村公所
宇喜多秀家墓
三原山(東山)
八丈島歷史民俗資料館
八重根港
黃八丈山下
女由工房
0 1 2 3 km

炎熱的夏季又到了，各位讀者別來無恙吧？希望您沒有因為睡覺開冷氣而受涼，也沒有因為觀賞奧運會Ⓐ而睡眠不足，更沒有被受涼和睡眠不足弄得全身倦怠、慵懶無力。

令人慶幸的是，「平成徒步日記」系列已將要迎來第三個夏天，我們這群人至今仍在拚命跋山涉水，遍踏各地。這一路走來，我的腎結石還沒化掉（聽說這種病原本就是無法根治的），其他幾名隊員也依然活蹦亂跳、充滿生氣，既沒有人脫隊，也沒人被趕走，更沒人期待這種徒步活動能讓自己變瘦一點。

在此特向讀者說明一下，去年我們已大致確立企畫方針，今後夏季的徒步活動將在江戶以外的地點進行，冬季則以江戶為據點。所以按照這個原則，今年夏天應該要去其他城市進行徒步之旅。老實說，今年剛過完年，我就開始暗自擔心：不知今年究竟要到哪兒去？因為去年夏天「衝破箱根關卡之旅」實在把我們都累慘了。

寫到這兒，順便也向讀者透露一點背景訊息，我們這企畫最近在同業之間深受好評，概括來說，大多數意見不外兩種：

「為何想做如此辛苦的企畫？」

或是：

「既是徒步之旅就該走完全程啊。」
對於以上兩種意見，我跟徒步小隊眾隊員除了感謝還是感謝，感謝各位的厚愛。
除此之外，偶爾也有些更積極、更具體的提案傳到我的耳裡：
「去走一趟神君穿越伊賀①的路線嘛。」
「何不把秀吉的中國大折返②路線重走一遍？」
「既是徒步之旅，還是該去大山參拜。」
「後醍醐天皇逃出隱岐③的那條路線，宮部小姐，您親身體驗一下如何？」
其中甚至還包括一個令人昏倒的提案：
「遣唐使路線才是最基本的，不是嗎？……」
說實在的，不論叫我去哪兒，只要是具體的提案，我都萬分歡迎，但現在我得先把醜話說在前面，提出這類膽大包天提案的諸位仁兄：出了餿主意的人就得跟我們徒步小隊一起行動。無人可以例外！絕不允許臨陣脫逃！

大家聽清楚啦？

每當新提案時傳入耳中，我就在心底狠狠嚷著這句話。而我身邊的徒步企畫責任編輯尼古拉江木的腦中也不斷閃過各式各樣的企畫內容。
「後醍醐天皇喔……」尼古拉江木低聲自語。

一聽他這話，我不禁十分沮喪。「不要啦。我才不要坐小船逃亡呢！」

「不不不，不是的，不是去隱岐，我只是覺得流犯路線這構想也不錯。」

「流放到哪裡去啊？」我覺得眼淚就要奪眶而出。「如果可能的話，最好是沒有蟲子也沒有野獸的地方。還有，最好有抽水馬桶Ⓑ，也有自助洗衣店，還有溫泉……」

「那就去八丈島。八丈島！」尼古拉江木滿面春風地說道，「盛夏的八丈島！日本的夏威夷！最適合度假了，不是嗎？」

度假！這可是徒步日記到現在為止從沒出現過的概念。沒錯！這次我們終於想到把徒步活動和暑假二者合一。

消息一傳出去，我們的老搭檔文庫版責編「博士阿部」，還有出版部「廚師中村」都高興得一起鼓掌。廚師中村說：

「就配合這次徒步活動休我的暑假怎樣？再把老婆孩子一起帶去。」

好啊！就這麼辦！哇！好高興，放暑假嘍！眾人陷入一片歡喜，但我們還有個難題必須先解決，那就是總編輯這一關。尼古拉江木立刻懷著忐忑不安的心情跑去請示，回來時帶來了這樣的消息：

「總編輯說他也要一起去！」

「那就一起去歡度暑假嘍……」

「那可不行。絕對不行！」

尼古拉提高嗓門說。

「我來給總編輯做個日程表，上面密密麻麻排滿各種研究歷史主題的參觀活動。他看了這日程表，一定會說：我太忙了，還是留在東京吧。」

「騙得過他嗎？」

「要是不行的話，遊艇開到東京灣外海，我負責把他從甲板上推下去。」

（這話是尼古拉江木說的喔！請總編輯明鑑。）

結果謝天謝地，總編輯輕易地上當了。（啊！好幸運）我們這趟包括七月十五、十六、十七日在內的三天兩夜夏季之旅也就正式出發啦！

1　乘著「東海汽船」去流放

「聽到『八丈島』這個名字您會聯想到什麼？」

如果向一百人提出這問題……

「喔！就是江戶時代放逐流犯的外島嘛。」

這麼說的人究竟占百分之幾呢？再從另一個角度來看……

「去年我到那兒去潛水嘍。」

「我每年到那兒去釣兩次魚。」

或許也有些人這樣回答吧。如果坐船從東京前往這個近距離亞熱帶小島，需要在船裡度過一晚，改搭飛機的話只需四十五分鐘。在現代人眼裡，任何人肯定毫不考慮地把它歸類為觀光小島，就像尼古拉江木所說，它就是日本的夏威夷。

這回是我有生以來第一次踏上八丈島，但我對它早有認識，也知道它是個南方的海上樂園，因為之前曾在電視上看過八丈島。那節目倒不是介紹觀光勝地的旅遊節目，而是一部偵探懸疑連續劇。齋藤慶子在劇中扮演一名美貌的推理女作家，而且是個犯了罪的壞女人喔！她連殺了兩人之後還打算謀殺第三人，不過計畫並沒得逞，女作家最後終被繩之以法。而我跟她一樣，也是推理女作家，雖不像她那麼美貌，卻跟她一樣也有輝煌的紀錄，因為我曾因過期不交稿而把幾位責任編輯整得死去活來。所以這部連續劇的故事設定很吸引我，那段日子我連寫稿都不顧，大白天就躺在沙發上專心欣賞劇情發展。

齋藤慶子飾演的那位推理女作家不止外表高雅美麗，生活方式也十分瀟灑脫俗，平日常以潛水作為消遣。由於電視劇是很久以前拍的，以當時的標準來看，劇本設定是希望給觀眾帶來「好先進！」的感覺吧。劇中齋藤慶子經常去潛水的地點，就是八丈島附近的蔚藍海面。

當時的我對八丈島一無所知，當我看到齋藤慶子搭乘噴射機呼地一下就飛到島上，心裡不禁大吃一驚（真抱歉，那時我以為飛往八丈島的飛機只有YS-11）。接著看到她住宿的旅館是一棟充滿殖民地氣息的白色建築，我又吃了一驚。更驚訝的是，我看到當地馬路鋪成白色，路邊種滿了鳳凰木……哇！八丈島竟是如此美麗的地方！我心底湧起陣陣感動。而那些景象都是幾年前在電視劇裡看到的，現在一定比當時更進步了吧！想到這兒，我開始對這次旅行生出小小的期待。對了，記得在觀賞這部電視劇的時候，我還暗自囉哩囉嗦地挑毛病，一下質疑慶子扮演的美貌女作家既要工作，哪有那麼多時間玩樂？一下又嫌她寫作不夠投入，兩眼並沒發直……她根本就沒有親自校對吧？我想。哎！不過這些都算不上什麼大不了的毛病啦。

總之，現代的八丈島擁有多采多姿的面貌，但這個島嶼對它本身的歷史和定位究竟是何看法呢？很可惜，因為我聽不懂八丈島方言，無法親自到鄉野去採訪，坊間也找不到《即刻揭祕——我的真面目，八丈島熱烈傾訴》之類的訪談實錄，而值得慶幸的是，還有一本《增補四訂八丈島流犯名人列傳》流傳至今，這本珍貴的史料是由熱愛八丈島的各方人士共同蒐集編纂而成。我翻開書頁，一段文字躍入眼簾：

「歸根究柢，八丈島文化就是流犯文化，而從這個定義看來，八丈島亦即流犯之島。」

原來大家的看法是這樣的。嗯！好偉大的自我定義！

若問哪些流犯曾對八丈島的文化與產業成長有所貢獻？我腦中立刻想到的人物有兩個：一是宇

喜多秀家，一是近藤富藏。前者曾在關原大戰中擔任西軍統帥，後者則因殺人罪被流放到島上，此人後來給後世子孫留下一本名為《八丈實記》的史料紀錄。除了這兩人之外，還有個舉世無雙的惡女大坂屋花鳥，此人是個妓女，在《半七捕物帳》④裡也曾出現過，她十五歲時被流放到島上，仗著自己的美貌很快就爬到流犯世界的上層，二十三歲時跟她的流犯情人一起逃出八丈島，但沒過多久便在江戶被捕，二十七歲在小塚原刑場結束了短暫的一生。讀到這本《名人列傳》之前，我一直以為這個稀世罕見的無恥女人是個虛構人物呢。

看到這三人的姓名並列眼前，我不免深思：如果他們沒被判處「流刑」，始終都活在原先的社會裡，他們是否有機會互相認識？或彼此聽說對方的經歷呢？想到這兒，我似乎已看清「流犯創造的文化」特有豐富性的根源所在。

只有在混沌未開的時代才會有「放逐」之類的刑罰。因為在那種時代，到處都是未開墾的蠻荒之地，一般暴力犯必須和其他各種犯罪者嚴密區分的概念還沒出現。所謂其他各種犯罪者，除了政治犯和宇喜多秀家之類的政治鬥爭失敗者之外，還有因家庭或生活環境中的矛盾糾葛而鑄成大錯的罪犯，其實這類犯罪者更需要的是教化，而不是刑罰。但當時那些罪犯一律判處流刑，結果在收容流犯的離島上，擁有不同思想、文化、生活背景的罪犯聚集一堂，一種特殊的文化便在這裡開花結果，這種文化構成的速度與濃度都是他們原先生活的社會所無法想像的。或許這也是必然的結果吧。但事實上，卻有兩大因素正在阻礙這種特殊文化的形成，一是離島的自然條件，一是真正具有暴力性與破壞性的反社會犯罪者。寫到這兒，我想起了「花鳥」，這個女人真的很恐怖唷。令我全身哆嗦起來……

這次載著徒步小隊前往八丈島的交通工具，並不是運送流犯的小帆船，而是「東海汽船公司」的大型渡輪「天堂鳥號」（「天堂鳥」即極樂鳥花，是最能象徵八丈島的一種花）。我們搭乘的那班渡輪預定於晚間十點半從竹芝碼頭出發，第二天早晨九點十分抵達八丈島底土港，所以這次三天兩夜的旅程中有一晚是在船裡睡覺。

集合地點約定在海鷗線竹芝站的驗票口。我準時到達集合地點，攝影師讚岐烏龍麵土居正在那兒等候。土居是我們年紀最小的隊員，去年冬天江戶城一周之旅時首次成為我們的伙伴。事實上，這次流犯之旅究竟該讓全隊最年長的馬克田村攝影師同行？還是新手讚岐烏龍麵土居上場？兩人在成員選定之前就已暗中進行過一場爭鬥。後來因為資深的大叔馬克田村另有要事，才輪到讚岐烏龍麵土居背起三腳架隨行。土居在我們這一群裡為人最老實認真，而他現在正堆起滿臉含意深遠的笑容向我走來。

「跟您說啊，大家都已經來了。」

「都來了？在哪兒？」

「就在前面一家店裡……」讚岐烏龍麵土居笑得更詭異了。「都喝得差不多了。」

我們走進竹芝站附近一家餐廳，的確，全體隊員都已到齊。除了老搭檔尼古拉江木和博士阿部之外，馬克田村大叔也在座，更令人意外的是，總編輯也來了，而且正滿臉通紅地跟眾人一起圍著幾個啤酒杯坐在那兒。

「我來給大家送行啦。」總編輯說。看他一身休閒打扮，令人懷疑此話是否當真。

如果我是個態度嚴謹的作家，這時就該滿臉嚴肅地向他大喝一聲：「我們可是去採訪旅行唷！」無奈我心裡早已充滿休假的興奮，而且今天才剛回到睽違兩週的人間。這件事雖是個人私事，還是容我解釋一下吧。最近為了撰寫一部長篇小說，我從七月一日開始自動閉關寫作Ⓒ，且各項限制都採取超嚴格標準。

所以看到眾人那麼興奮，我不僅無法嚴詞指責，甚至跟著大伙兒一起豁出去了。眾人那興奮勁兒啊，簡直像在座所有的人都要去八丈島呢。

渡輪快要出發的時候，廚師中村也來了。他是來給我們送行的。對啦，我這才想起，這次旅行還在企畫階段時，他原本是要代表出版部跟我們一起去的。誰知四月裡他被調到《新潮週刊》去了，只好讓他懊悔地留在辦公室看門嘍。在此還要特別說明一下，那天只有廚師中村一個人從頭到尾都表現得非常冷靜、清醒。

渡輪離港的送行場面很簡單，因為這艘渡輪並非遠洋航線。當碼頭上的總編輯正想努力拋出送行彩帶時，船身已無聲無息地悄然離港，而這時應該在場接受歡送的我，卻正在上廁所。「哎唷！哎唷！」我一面嚷著一面慌慌張張地跑出來，無奈船身已離岸邊愈來愈遠……總編輯，失禮啦！當天晚上，天降大雨，雷聲隆隆。我這人啊，不論走到什麼地方，壞天氣總是如影隨形。

據「天堂鳥號」的船員表示，七月中旬還沒到真正的觀光旺季，今晚的乘客人數大約只有旺季的十分之一，所以船艙裡顯得空蕩蕩的，我們這一群也就樂得伸腳張腿坐得寬鬆點。只是當初打好的如意算盤卻不能如意了。

「讓大家見識一下各級船艙才更有意思吧？」

尼古拉江木曾在行前提出這個建議，所以我們把「天堂鳥號」的所有船艙，包括特等艙、特一等艙、一等艙和二等艙等在內，都分別預定了一間，打算乘機體驗一下各級船艙的舒適程度。由於全隊只有我一個女性，所以單人房的特等艙便分給了我，另外三位先生則被分到雙人房或多人房。不料今晚的乘客實在太少，原本分到特一等艙的尼古拉江木變成獨享一間雙人房，分到一等艙四人房的博士阿部，也只有另一位老成持重的中年紳士跟他共用一個房間；至於讚岐烏龍麵士居，他住在二等艙，也就是所謂的「大統艙」，但今晚就連統艙也空空如也，只有角落裡坐著幾人。

「說不定還能跟哪個可愛美眉分到一個房間唷。」

出發前，三個男生還編織過如此美夢，現在才發現美夢完全破碎了。所以說嘛，心術不可不正。活該！

渡輪離港後，眾人悄然無聲地來到尼古拉江木的特一等雙人房歡聚，藉著剛才竹芝碼頭尚未散去的那股興奮勁兒，大伙兒又開始飲酒作樂。我因為剛剛解除閉關禁令，簡直開心極了，陣陣喜悅刺激得我全身顫抖，手裡抓著剛從小吃部買來的脆皮夾心冰淇淋，我睜著一雙中了邪似的眼神啃著手裡的冰淇淋。不知不覺中，渡輪已緩緩駛向外海。

2 神祕八丈島

第二天早上八點，明亮的陽光從艙外射進窗口，我睜開雙眼，頭腦立刻清醒過來。

如果不暈船的話，坐船旅行真是世界上最奢侈、最令人開心的事。我向來不喜歡坐飛機，每當迫不得已搭機出門，我總是在起飛和降落的瞬間緊握念珠，口中默禱菩薩保佑。

「拜託您別做這種觸楣頭的事啦！」

每次都被同行編輯埋怨的我，上了船之後卻如魚得水，適應極佳，從來都沒暈過船。在船上睡醒時那種爽快的感覺，我在陸地上可從來沒經驗過。

走出船艙，登上甲板，海面和天空像在彼此爭豔似的呈現一片清澄的蔚藍。船頭前方的遠處，八丈島⑤全島的輪廓清晰地映入眼簾。今天太平洋海面的風浪似乎較強。深藍的海面不時發出劈里劈里之聲，並濺起銳角三角形的白色波浪。據說這種風浪稱作「白兔飛躍」⑥。

我們乘著舒適的渡輪划過萬里長波不斷前進，實在很難想像當年那些流犯被塞進放逐船漂流至此，抬頭望著波濤中時隱時現的八丈富士山逐漸靠近，心中是什麼感覺。這話說來實在慚愧，當初籌畫「徒步日記」企畫最重要的目的，就是親身體會江戶百姓日常生活中體驗的地理距離感。然而渡輪開到這裡，我們已無法悔過而回去改搭帆船啦。唉！就請讀者諸君原諒我渴望度假的心情吧。

一路胡思亂想，渡輪已駛近碼頭。船內廣播正在提醒乘客準備下船，我們各自收拾行李，一起來到出口會合。眼看前方那座綠色島嶼正在逐漸靠近，心底也升起了陣陣不安。

今天雖是萬里無雲的大晴天，八丈島兩端的山峰卻不約而同籠罩著霧氣。這個島嶼的形狀就像故事裡的神祕島一樣，是個葫蘆形的小島。從正面望去，位於島嶼左端的高山是三原山（又叫東山），右端則是八丈富士山（也叫西山），今天兩座山的頂峰都被白色濃霧遮去了五分之一。霧氣縈繞的部分看起來既神祕又寒冷。尤其在那片翠綠的叢林上方，一大團沉重混濁的白色物體擋在那兒，讓人有種不祥的感覺。

眼前這景象我在怪獸電影裡看過喔……如果八丈島跟「蘑菇人瑪坦戈」⑦裡的那個孤島一樣，怎麼辦呢……？萬一卡歐斯⑧跑出來，還可叫卡美拉⑨來對付，蘑菇人瑪坦戈跑出來的話，誰都沒辦法呀……想到這兒，我全身冒起無數雞皮疙瘩。這時正在甲板上眺望全島風景的博士阿部開口說話了：

「好像王者基多拉⑩隨時都會出現喔。」

聽到別人嘴裡說出自己心中的疑慮，腦中那些可笑的幻想立即煙消雲散，一下子都不知跑到哪兒去了。「哈哈哈！」我乾笑幾聲，再次覺得博士阿部跟《神祕島》裡面的「博士」長得好像啊。

離開底土港之後，我們決定先到今晚住宿的「八丈景觀飯店」寄放行李。燦爛耀眼的陽光下，一行人興致勃勃地坐進計程車上路了。「景觀飯店」位於這座葫蘆形島嶼的中央，也就是葫蘆腰部的凹陷處，汽車出發後，一路朝著島內方向駛去。

回程時我們預定搭乘飛機，而飛機起降的八丈島機場也同樣位於葫蘆的腰部。我猜全島除了這兒，可能再也找不出更理想的地點了吧。不過因為葫蘆凹進去的部分全都建成了機場。說得誇張點兒，萬一飛機起降時衝出跑道，就會立刻掉進海裡。

沿途看到許多鳳凰木路樹和白色旅館，就跟電視劇裡看到的景色一模一樣，儘管自己的長相不如齋藤慶子美貌，但同樣身為推理女作家的我能看到沿途風景已十分滿足。「八丈景觀飯店」的海景非常美麗，飯店的建築雖不是白色，內部氣氛卻充滿家庭的溫馨，菜肴餐點也很可口，大伙兒對這家飯店都很滿意。我們先坐下來，喝一杯八丈島特產的明日葉⑪冰茶解渴。喝完茶，好！該出門遠足了。

今天的第一個目的地是「八丈島歷史民俗資料館」。這座建築是利用從前村公所辦公樓改建的，建築的外觀又令人想起怪獸電影裡博士的研究所，那個獨自躲在南海孤島上專心研究巨大滅絕生物的博士就在這裡工作。不過走進館內後卻發現氣氛完全不同，親切的工作人員拿出好幾把扇子分給大家，並向觀眾問道：「很熱吧？」

「因為這裡沒裝冷氣啦。」工作人員解釋著。

館內觀眾全都一面啪啦啪啦搖著扇子，一面來回欣賞展示品，看起來十分有趣，這種景象也只有在南方小島才看得到吧。我想起剛才在路上看到八丈島村公所，白金的陽光下，整棟建築的窗戶大大地敞開。可能也沒裝空調設備吧。想到這兒，我真想懇求那些地方縣市的議員：既然你們有錢興建總金額高達數十億圓的區公所或市府大樓，何不分點零頭給八丈島呢？

歷史民俗資料館內的展示品大致分為三類：第一類是有關八丈島這「島嶼」本身的地理、植物分布、生物生態等資料，第二類是八丈島的產業與生活史，而在第三類裡占了極多分量的流犯歷史則歸入第三類。其實仔細想來，這樣分類是理所當然的。因為八丈島雖是流犯之島，但島上居民並非全是囚犯，流犯被放逐到這兒來之前，原住島民早已在此生活，後來還接納了流犯。島上的兩座山占據了全島大部分的面積，島內可耕之地原本就很少，糧食收成一直不夠，而島外的人卻極不負責地把囚犯送到這兒來。但儘管如此，島民對流犯卻抱著寬容之心，也可以說，流犯文化之所以能在島上開出美麗的花朵，主要還是因為接納囚犯的每個島民都有顆溫暖的心。

據資料顯示，江戶時代的流犯並不是直接從江戶送來八丈島，而是先送到三宅島，在那兒度過半年至一年的「流犯新生」的日子後，才送到八丈島來。那些囚犯在三宅島受到嚴苛的虐待，被迫過著悲慘的生活。據說他們到了八丈島之後，由於島民都親切看待，所以他們覺得八丈島像天堂一樣，對島民也深懷感激。對於這項傳說，由於我是個疑心病很重的推理作家，所以想先聽聽三宅島方面的說詞 Ⓓ 之後再發表意見。

伊豆群島被視為流放之島的歷史已很悠久，源為朝⑫被放逐到大島的故事就是歷史有名的傳說。不過，把流犯定期送到外島卻是從江戶時代才開始的，而且是五代將軍綱吉之後的政策。到了更晚的寬政年間⑬，幕府將伊豆群島中位置較南的三宅島、新島、八丈島等三個島嶼劃定為流放地，而較北邊的其他島嶼則因日本已對外開放海路，不再用來安置流犯。上述三島直到明治四年為止都還是法定的流放地。但事實上，幕府末期的流犯已轉送到蝦夷地⑭，因為黑船來襲⑮，當時伊豆群島附近海面治安很不平靜。

現在回顧這段歷史才發現，除了為朝是個特例外，另一位堪稱流犯代表人物的宇喜多秀家竟也在那麼早的時期就被放逐到八丈島去了。宇喜多秀家生於戰國時代，其實他應該算德川幕府黎明期的人物。或許是因為那段過節⑯，才讓他遭到當政者厭惡吧。不過宇喜多秀家後來在八丈島上倒是留下許多故事與傳說。我們參觀完歷史民俗資料館之後，又去參觀他的墓園，他的墳墓四周全是刻著「宇喜多」與「浮田」⑰等姓氏的墳墓。我個人認為，結束戰國時代的德川家康是個偉大的政治家，但他對異己或可能成為異己的勢力剿殺壓制的作法卻令人覺得慘不忍睹。從這個角度來看，宇喜多秀家能以另一種方式在島上留下自己姓名與子孫，可算是十分幸運了。當然啦，從另一個角度來看，秀家當年在這兒過得也確實很苦。

看過宇喜多秀家墓園之後，我們又去參觀近藤富藏的墓地。這片墓園的面積實在好大，附近連個明顯的標誌也沒有，害我們滿頭大汗地找了好久。一路上看到的墳墓都裝飾得光彩鮮亮，令人親身感受南國的氣息。墓碑前供奉的鮮花色彩鮮明奪目，整片墓園顯得活潑而開朗，我不禁感慨道：要買墓地的話還是應該到八丈島來啊！

走到半途，我們迷失了方向，只好向路邊加油站的店員問路，不料店員也是一問三不知，這時，一位站在旁邊的客人卻開口了：「你們要去哪兒？我載你們去好了，比說明快多了。」真沒想到這島上居民如此熱心悠閒。對了，我還要順便說明一下，這段路我們全程都是用兩腳走完的喔。

今天的午餐是八丈島名產「Asoko壽司」Ⓔ。吃了飯，大伙兒恢復了體力。下午的行程是向島嶼南端前進。一群人當中只有我一個人顯得精神煥發，因為下一個目的地是黃八丈⑱的織染工廠。

既然到了八丈島，就得買段整疋的黃八丈！這想法從我坐進「天堂鳥號」的船艙起就一直在心底盤旋。我要細細欣賞一下真品，傾聽廠家的建議，再把他們推薦的產品捧回東京。一路上，我懷著興奮的心情暗自雀躍。平日不論到哪裡，我總是牛仔褲搭運動鞋，很少穿一套像樣的服裝出門，許多前輩和大澤事務所的經理也總是埋怨我，怪我喜歡在伊朗人的地攤買衣服。但要是論起和服啊，我可是很講究的。無論如何我也得有一套精心別緻的黃八丈條紋和服才行。

我們參觀的黃八丈染織廠叫做「山下女由工房」，是一棟屋頂很高的木造平房，室內擺著一列十幾臺織布機，機器名叫「高機」，幾名婦女正在機前忙著織布。屋內的角落裡還有一臺紡紗機，機上纏著淺黃色絲線。現場販賣品的櫥窗裡並沒看到太誇張或太豪華的成品，只隨意陳列了整疋絲綢、領帶，還有一些用黃八丈縫製的皮夾、圖章袋等小型手工藝品。

我花了很長的時間細心研究那些商品和標價，最後決定今天還是什麼都不買。嗯！反正還有時間，先回去考慮一天再說吧。烏龍麵士居卻買了些可愛的黃八丈小型工藝品。是帶回去當禮物吧？好令人感動！

返回飯店的路上，我們又順道參觀一處沙灘，名叫「放舟場」。從前那些想從八丈島逃出去的流犯都要從這裡上船出海。不過這地方看起來不像海灘，而更像布滿岩石的海岸，要從這裡把船駛進大海，我覺得可能非常困難。事實上，流犯從這裡搭船逃亡的紀錄前後共有十五次，唯一逃亡成功的前例只有一次，就是花鳥和她的情人。通常我們把囚犯逃跑叫做「脫島」，但八丈島居民卻稱之為「放舟」。

接著，我們又去參觀一座有趣的建築，名叫「島酒之碑」，這座石碑是為了紀念流犯丹宗庄右衛門而建。丹宗庄右衛門曾利用島上特產的紅薯製成一種具有特殊香味的燒酒，並把製法傳授給島民。這座石碑按照島上特有的建築習俗而建，以鵝卵石堆起的「玉石牆」為基礎，頂端有個巨大的燒酒瓶石像，除了這個石頭酒瓶外，左側還有一座「魚之碑」，同樣也是以「玉石牆」做基座，頂端一條有點像鯛魚燒的大型石製魚像。站在這座為感謝海產豐饒而建的石碑前，我實在忍不住想把它念成「肴之碑」⑲，如此一來，「酒」和「肴」一左一右並列眼前，看著就令人痛快，而且這幅景象可不是經常能看到。所以眾人雖已被野蚊叮得苦不堪言，卻仍然喀喳喀喳地連連拍照。待我們好不容易回到飯店，一進門，就看到桌上擺滿珍饈海味等著我們，這才是真正的「酒」與「肴」啊！景觀飯店的各位先生女士，謝謝你們準備的佳肴。很美味喔。

3　我跳起「終於買啦」之舞

一夜無話，到了第二天早晨。

我仍是腦中塞滿黃八丈的狀態，昨天晒傷的肌膚也無心去管，只顧著歪頭沉思，來回撓著野蚊叮過的地方。

「買吧！放手去買吧。」博士阿部在一旁慫恿。

「阿部先生你不買嗎？」

「我買整疋布也沒對象可送啊。」

在此特向各位有關人士說明一下，博士阿部現在是單身，最近才買了公寓，高薪階級，最擅長的料理是咖哩飯，浴室除黴的技術極佳，現已為結婚做好萬全準備Ⓕ。

「為了將來的對象先預作準備嘛。」

「可是那個『對象』穿不穿和服，也不知道。」

我對自己一個人花大錢購物有點不安，所以想拉個人下水。思來想去，最後決定把四人當中唯一有家室的尼古拉江木定為目標。

「江木先生，江木先生，給你夫人買一疋黃八丈嘛。」

「內人從來不穿和服。」

「可是馬上就需要了。去神社祈福的時候。」

尼古拉江木的夫人現在身懷六甲，全家正懷著期盼的心情等待活潑健康的嬰兒誕生Ⓖ呢。我個人的想法是，如果這孩子長得像媽媽就好了。

「聽說去神社祈福時要穿付下或紋付⑳，不是嗎？黃八丈不行啦。」

一般認為，大島紬㉑和黃八丈之類的和服只能算日常服，不適合穿到正式場合去。好在近來也有些人不再固守成規，而我更是向來偏愛泥染大島紬及更紗㉒和服，不管去哪都穿這些和服。

「別這麼說嘛，買一疋吧。」

「您幹嘛幫人家推銷啊？」

接著，我們又逛到另一家織染工廠。接待人員把我們帶到設置高機的織布場，還把織了一半的整疋綢布拿給我們鑑賞。據老闆表示，近年來，黃八丈的紡織女工愈來愈少，尤其是在島上出生的本地女孩，人手根本不夠。

「來這兒當織布女工的，反而是外地來的比較多喔。她們都是先嫁到島上才來當女工。」

看到這兒，我有點心動，也想親自當一回紡織女工試試看。於是要求老闆讓我坐在高機前拍照留念。不過從頭到尾，我都心不在焉地忙著考慮究竟要不要買疋黃八丈。

「照我們島上風俗，年輕人結婚，父母都會買一套配了黃八丈被套的棉被或是黃八丈做的日式棉襖，讓新婚夫婦帶去成家。」

「看吧！江木先生，還是買套黃八丈棉被給你家寶寶吧。」

老闆聽了我的話笑著說：

「不是啦，黃八丈棉被不是日常使用的東西啦。」

「您看吧。對了，宮部小姐，您究竟要不要買啊？快點決定啦。」

於是，在煩惱了那麼久之後，我終於買下一疋黃八丈。布料的圖案由黃灰兩色條紋組成，低調而別緻。我心裡那份欣喜簡直無法抑制，興奮得當場跳起「終於買啦之舞」Ⓗ。猜想烏龍麵土居並沒拍到這段舞姿，就算拍到了，我也會把膠卷沒收的！讀者當中如有對黃八丈感興趣的朋友，我再向您提供一項訊息：據說這裡的黃八丈價格比東京的和服店平均便宜十萬至十五萬日幣，就算加上飛機票錢，還是划得來喔。而且是原產地製造，各位如果到八丈島去玩，一定要買黃八丈喔。

這回的徒步之旅從頭到尾都像是度假。其實大伙兒是抱著「機會不再」的決心去玩的。猜想今年冬天的徒步之旅肯定是場行程緊迫的急行軍吧。但我不在乎啦，反正已經買到黃八丈了。

走筆至此，喜悅之情仍然不斷從我心底湧起，但一想到縫製費，我又開始頭大了。下次在這專欄跟各位見面時，我的新和服應該已經做好了吧。

就此擱筆，再見！

※參考文獻

《增補四訂　八丈島流犯名人列傳》葛西重雄、吉田貫三著（第一書房）

注釋、解說、後記

Ⓐ**觀賞奧運會**：指亞特蘭大奧運。位於美國南部的亞特蘭大和日本的時差相差十三小時，晝夜剛好完全相反。

Ⓑ**抽水馬桶**：並非我不知天高地厚想裝淑女，而是因為以前有一次，我到某地的神社採訪，那裡是糞坑式廁所，便座體積很大，我差點一腳踩空摔進糞坑裡……當時同行的編輯特別拜託我：您要是掉進去可沒辦法讓人徒手拉出來，請您下次要綁好救命繩索再去如廁。

Ⓒ**自動閉關寫作**：我這人生來有個怪毛病，一離開自己的書桌，就一個字也寫不出來，所以到現在為止，我從來沒在大飯店閉關寫作過。住飯店雖讓我感到奢華，但如果對工作沒幫助就毫無意義。我所謂的「自動閉關寫作」，是在自己規定的期間內，把自己關在工作室裡，譬如規定期間是半個月，就關自己半個月，這半個月裡只做某項特定工作，來電全轉到大澤事務所請他們代接。這種辦法確實很便捷。這幾年，我的長篇小說寫到最後階段，幾乎都是以這種方式密集完成的。不過一直關在家裡也會覺得無聊，所以總是忍不住主動打電話給朋友，或是跑到外面閒逛。其中也有好幾次差點被人識破，追問我：「你不是在自動閉關寫作嗎？怎麼知道那麼多新電影的情報？」

Ⓓ**三宅島方面的說詞**：「這件事牽涉到三宅島的名聲，我們要仔細調查後才能回覆您。」（以上是東京都廳三宅島辦事處給我的答覆。）幾天後，我收到廣瀨芳先生（三宅村立阿古中學的教務主任）的來信，信中還附有一份影印資料（《伊豆七島流犯史》，大隅三好著，雄山閣出版）。據資料顯示，原本送往八丈島的流犯之所以在三宅島下船後淪為當地的長住居民，主要因為法令規定他們必須先交給三宅島看守人員看管；另一方面，由於海上風浪極大，每月能從三宅島航行至八丈島的日子最多也只有三天，就算船隻衝破巨浪駛到八丈島附近，想要靠岸還是很困難的。

三宅島為了應付本身應該收容的流犯已很費勁了，對那些終究會離開，或遲早要離開（或不知是否會離開？）的其他流犯，難免表現出「拒人千里」的態度。而那些流放到八丈島的囚犯，據說他們從來也不打算融入三宅島的島民社會。「對八丈島的流犯來說，三宅島似乎是個很難待下去的地方。但如資料所示，我認為這不是因為三宅島的民風或居民的行為有問題，而似乎是制度本身有問題。」（以上引用自廣瀨先生來信）多謝您了，廣瀨先生。

Ⓔ**八丈島名產「Asoko壽司」**：這家店味道最棒的是醃白帶魚（用醬油醃過的）壽司。

Ⓕ**現已為結婚做好萬全準備**：在我們「徒步日記」系列結束前，博士阿部歡歡喜喜地成家了。但幾乎在獲得人生伴侶的同時，博士阿部也離開了「新潮社」，又踏上人生的另一段旅程。不過他這人也真命苦，才剛到新的辦公室上班，就立刻奉派來擔任我的責任編輯。人世間的因果關係真像是旋轉的紡車那樣循環不已啊。

Ⓖ**嬰兒誕生**：這回徒步活動結束後過了五個月，尼古拉江木家的第二代在祝賀聲中誕生了。新生兒是個男孩，更值得慶幸的是，他長得像媽媽。真是萬幸喔，萬幸！

Ⓗ**終於買啦之舞**：好心的攝影師烏龍麵土居那天並沒把我這段舞蹈拍下來，所以現在改由尼古拉江木向大家描述當時的狀況：

那天，經過一個多小時的躊躇猶豫之後，宮部小姐總算買了一疋黃八丈。「終於買啦，終於買啦……」只見她連聲大嚷，也不顧同伴的制止和店員滿臉疑惑的表情，逕自手舞足蹈地跳起一陣怪異的舞蹈。究竟跳的是什麼舞呢？……我猜她自己也說不出那是何種舞，若是非要我具體說明，我想那舞是由俄羅斯哥薩克舞、阿波舞㉓和巴西黏巴達舞等各占三分之一構成的怪舞。

譯注

①神君穿越伊賀：「神君」是德川家康死後的尊稱。西元一五八二年，明智光秀襲擊京都本能寺，主君織田信長和世子信忠被迫自盡，史稱「本能寺之變」，當時正在大阪附近周遊的德川家康為了避開亂軍追擊，在三十幾名親信護衛下，攀越伊賀國的險峻山路到達伊勢國，再經由海路回到自己的領地三河國。這段路程被德川家康稱為「生涯第一艱難之旅」。

②中國大折返：本能寺之變後，豐臣秀吉（當時叫羽柴秀吉）前往剿討明智光秀，他率領部隊只花五天時間就完成從中國地方（今鳥取、島根、岡山、廣島、山口等五縣地區）至京都長達兩百公里的急行軍，並在之後的三天內贏得明智光秀討伐戰。

③後醍醐天皇逃出隱岐：「隱岐」指島根半島北方五十公里海中的隱岐群島，古代曾設隱岐國，是專門收容流犯的地方。後醍醐天皇（1288–1339）推翻鎌倉幕府

的計畫遭識破後，曾被放逐到隱岐島，後來在大將名和長年的幫助下逃出隱岐島，推翻了北条氏的鎌倉幕府。

④《半七捕物帳》：明治時代劇作家岡本綺堂的系列作品，創作於一九一〇年代，總共有六十九集。據說作者是受到西方福爾摩斯的影響，藉著曾任捕快的老人半七之口描述其親身經歷的各類案件。半七的聆聽對象是一名新聞記者，據信即是曾任記者的岡本綺堂的化身。「捕物帳」從此發展成為日本偵探小說的一種寫法，岡本綺堂正是首創捕物文學的始祖。

⑤神祕八丈島：作者故意把神祕島與八丈島合成這個標題。《神祕島》是NHK電視臺於一九六四年至一九六九年播出的木偶劇系列。另有譯名為「葫蘆島漂流記」。因劇中神祕島的形狀像葫蘆，原作者井上廈(INOUE HISASHI)為避免大眾穿鑿附會，故意不說明神祕島究竟是虛構或實際存在的島嶼。

⑥白兔飛躍：指海面被強烈季節風吹起的白浪。日本的船夫漁夫之間自古流傳一種說法，認為冬季特有的東高西低氣壓現象將帶來強烈季節風，「白兔飛躍」即是海面變天的預兆。

⑦蘑菇人瑪坦戈：是一九六三年東寶電影公司推出的恐怖片。故事描述一艘豪華遊艇遇難後漂流到無人島，島上遍地皆是黴菌和菇類，瑪坦戈即是生於島上的另類生物，外形像蘑菇。

⑧卡歐斯：大映電影公司於一九六七年推出特效電影《大怪獸空中戰》，其中的主角怪獸之一叫做卡歐斯(Gyaosu)。

⑨卡美拉：前述《大怪獸空中戰》電影裡另一怪獸叫做卡美拉(英文名Gamera)。

⑩王者基多拉：是日本東寶電影公司拍攝的恐龍怪獸系列電影中最有名的邪惡怪獸。外型為三頭兩尾，背部有巨翅，無手臂，全身披覆金色鱗甲，頭部造型似龍，口中可噴出放射狀閃電的引力光束。

⑪明日葉：一種芹科野生草本植物，相傳即是秦始皇追尋的「長生不老草」。

⑫源為朝(1139–1170)：平安末期的武將，十三歲時自稱「鎮西八郎」大鬧九州，後來被流放到伊豆群島，但卻逃到琉球。傳說他即是琉球王朝的始祖。

⑬寬政年間：西元一七八九年至一八〇一年。當時已是六代將軍家宣的時代。

⑭蝦夷地：明治以前北海道、樺太、千島等地的總稱。

⑮黑船來航：西元一八五三年，美國海軍所屬的東印度

艦隊的軍艦駛到江戶灣浦賀港靠岸，史稱「黑船來航」。後來美國要求與日本締結親善合約，並為明治維新前的幕府末期揭開序幕。

⑯那段過節：宇喜多秀家深受豐臣秀吉喜愛，並由秀吉收為養子。關原大戰中擔任西軍統帥的宇喜多秀家戰敗逃走，領地被德川家康沒收。

⑰浮田：「浮田」的日文發音與「宇喜多」相同，都是ukita。

⑱黃八丈：用八丈島特有的植物染織而成的絲織品。主色為黃、黑、茶褐三色，織成條紋或格子花樣。

⑲肴之碑：肴即下酒菜，「魚」與「肴」的日文發音相同，都是sakana。

⑳付下或紋付：「付下」和「紋付」都是和服圖案的名稱，「付下」以單色為底，全身手繪圖畫，畫面布局由下而上，展現上升的氣勢。「紋付」全身單色無花，只在胸前、背後和兩袖印上家紋。

㉑大島紬：奄美大島所產的絲線織成的綢布，以樹皮與泥漿染色，色調以藍、褐、灰為主。

㉒更紗：手繪或蠟染的印花棉布。

㉓阿波舞：起源於阿波國（今德島縣）的盆舞叫做阿波舞。盆舞是指中元節盂蘭盆會中所跳的舞蹈，種類繁多，各地都有當地的盆舞。

第六回

七不思議令人七暈八素

平成九年五月十三日

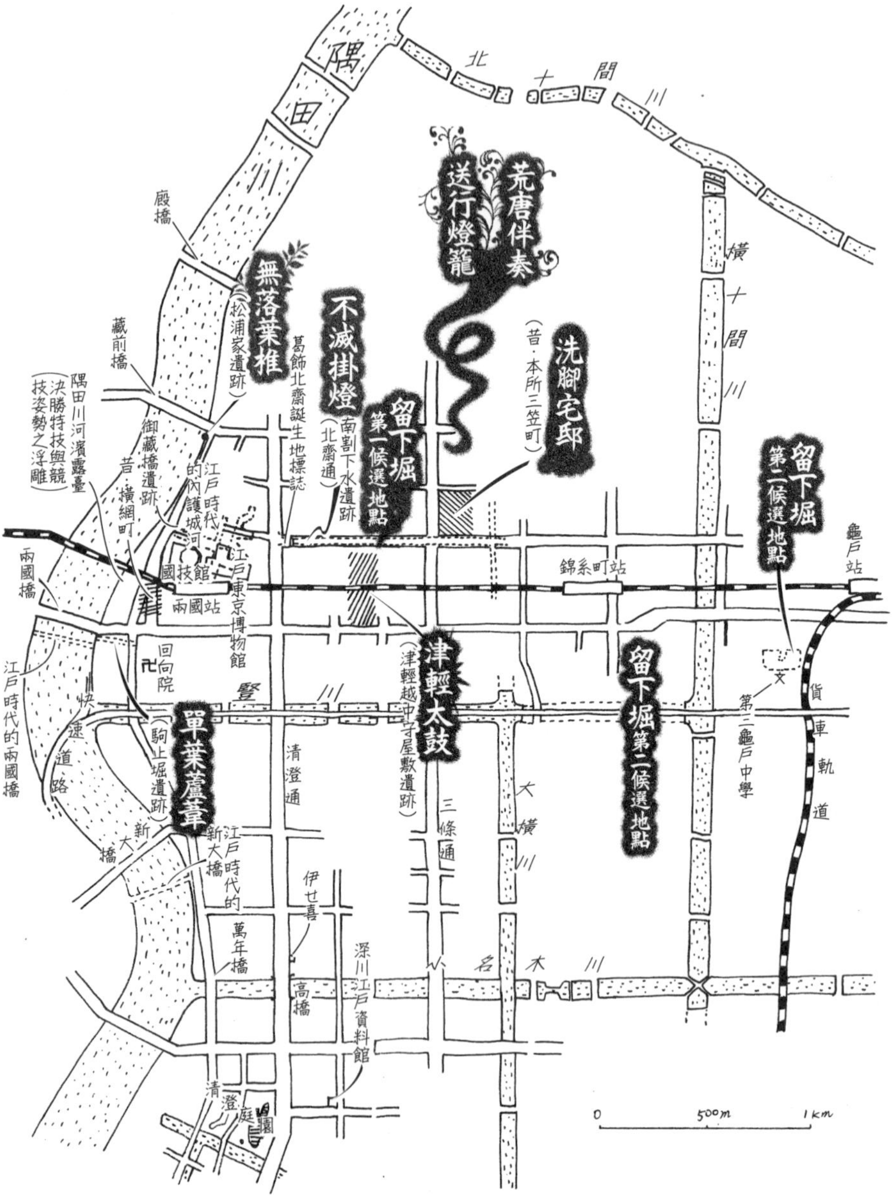

隅田川
北十間川
荒唐伴奏
送行燈籠
廏橋
無落葉椎
（松浦家遺跡）
藏前橋
隅田川河濱露臺
（決勝特技與競技姿勢之浮雕）
御藏橋遺跡
昔・橫網町
江戶時代的內護城河
葛飾北齋誕生地標誌
不滅掛燈
南割下水遺跡
（北齋通）
留下堀
第一候選地點
洗腳宅邸
（昔・本所三笠町）
橫十間川
留下堀
第二候選地點
龜戶站
錦糸町站
國技館
江戶東京博物館
兩國站
兩國橋
回向院
豎川
江戶時代的兩國橋
快速道路
（駒止堀遺跡）
單葉蘆葦
津輕太鼓
（津輕越中守屋敷遺跡）
清澄通
三條通
大橫川
留下堀第二候選地點
文
第三龜戶中學
貨車軌道
新大橋
江戶時代的新大橋
伊せ喜
萬年橋
小名木川
高橋
深川江戶資料館
清澄庭園
0
500m
1km

各位讀者，久違了。最近發生了許多恐怖怪異、令人不安與憤怒的事件Ⓐ，不知大家是否一切安好？

當您看到這段開場白，或許在心底納悶：

「咦？奇怪，現在還沒到『徒步日記』的季節呀！」

或者您這時又想起：

「對了，今年新年出刊的《小說新潮》裡沒看到那個老不幹正經事的〈徒步日記〉喔……」

如果您想到這一點，那您已可算是「徒步」專家了。

每年，我和新潮社幾位責任編輯特地選在酷暑與寒冬二季含淚奔走於全國各地，今年，我們這瘋狂的企畫已踏入第四個年頭了。不料在這值得紀念的第四年剛開頭，我竟然得了急病，害得今年一月的徒步日記也只好付諸流水，計畫告吹。

「你這傢伙常生病喔……」

如果您發出了這樣的嘆息，那證明您的記憶力實在太棒了！是的，當初之所以展開〈徒步日記〉企畫，主要目的就是：用腳走遍天下，用走路治好宮部美幸的腎結石！（雖然我已聽到有人大喊：才不是呢！但我決定裝作沒聽見。）

說起我這次得病的經過，記得是在去年十月中旬，我突然發高燒、咳嗽，腦袋像要裂開似的痛得不得了。原以為自己得了非流行期的流行性感冒，誰知醫生檢查後說我得的是比較罕見的「黴漿菌肺炎①」。

「肺炎！」

聽懂這名詞的含意後，頓時覺得症狀好像又嚴重了幾分。

好吧，既然醫生診斷出病名，我也只能在家服藥靜養嘍。不料我這敏感體質竟有好些抗生素不能服用，結果在家療養了一個多月，直到過完新年，咳嗽和微燒之類後遺症仍遲遲不見改善，以上就是我得病的經過，現在得等到梅花開放的時節，我這病才能完全痊癒呢。哎呀呀！傳染病這玩意兒真的好可怕呀！

提起這「黴漿菌肺炎」，它還有個別名，叫做「奧運病」，據說這種病有個奇怪的習性，每隔四年，也就是舉辦奧運會的那年，它就會來一次大流行。或許也因為這原因，今年新年剛過完，我的作家好友北村薰先生也得了這種流行病。

所幸北村先生的生活習慣向來比我正常，所以身體恢復得比我快多了。二月十日那天，我們一起出席新潮社舉辦的文化演講會，兩人並在會中對談。

「北村先生你身體裡那些小黴漿菌最近還算安分吧？」

「聽說宮部小姐的小黴漿菌還在搗亂喔。」

諸如此類的對話那天頻頻出現在我和北村先生的交談中。

總之，今年新年的徒步計畫最後也就只好暫停，並延後到現在這初夏季節才實行。不過計畫內容是在去年年底就已定案的，那時我的咳嗽還沒好，我跟尼古拉江木兩人一起討論後決定了這次徒步之旅的行程。沒想到平時總扮黑臉的尼古拉江木竟也有顆菩薩心腸。（「您才是黑臉啦！」我好像聽到他正在編輯部大喊。不過我決定不管他。）

「這是您病癒後的徒步之旅，盡量挑一條輕鬆的路線吧。」

尼古拉江木向我建議道。既然如此，恭敬不如從命嘍。於是，這回徒步之行的內容便定案了。企畫的題目名為：本所七不思議②的今昔。（我要特別聲明，這可不是為我自己打書唷。因為我並沒公開提到《本所深川詭怪傳說》這書名，對吧？更沒向大家介紹：原書是由「新人物往來社」出版，另有文庫版收錄在「新潮文庫」書系之中，敬請指教！我可一個字也沒寫唷。）

不過這本書的原版和文庫版的裝幀都十分精美，敬請讀者鑑賞。

好吧，言歸正傳，我們要出發了！

1 「本所七不思議」究竟是哪些傳說？

不知從什麼時候起，我們日本人養成一個習慣：收集或創造一些神奇事蹟，並向大眾廣為傳播。這些與某地、某地區、某建築或某人物有關的神奇事蹟匯集在一起後，還冠以「某地七不思議」或「某某七不思議」之類的名稱。或許這種行為正是某種原始形態的「傳說」吧。請大家想像一下：有一家繩文人③，全家聊天時談到：我們取土做甕的那個山上啊，曾經發生過七件神奇的事情唷！大家腦中浮起這個畫面時，一定覺得很有趣吧？

「本所七不思議」並沒有正確的固定版本，因為傳說通常是「以口傳口」的方式流傳於世，我們甚至連「本所七不思議」究竟完成於何時也無法確定。據墨田區區長室發行的《墨田昔話》指出，東京的七不思議可視為江戶末期的產物，這一點是毋庸置疑的，但這當然並不表示江戶末期的某一天，「本所七不思議」就突然宣布：「完成！」

另一方面，在「以口傳口」的過程中，七不思議的內容有時或被其他事物取代，有時或與其他現象重複，所以我想先在這裡把我所知道的「本所七不思議」向各位簡介一下。

〈留下堀〉

有個人到本所某處的城河邊去釣魚，結果釣到了很多很多的魚，那人覺得收穫不錯，正打算滿載而歸，不料河底傳來一連串叫喊聲：「留下……留下……」那人大吃一驚，嚇得無法舉步，心裡雖想趕快逃走，腳下卻連連跌倒，好不容易連滾帶爬地逃離河邊，卻見到魚簍中已空空如也。以上就是我所知道的版本。這個傳說可能是「本所七不思議」中最廣為人知的一個。以前電視兒童節目「漫畫日本昔話」還把它跟小泉八雲的〈貉〉④合編為另一個非常恐怖的故事播出過。

寫到這兒，我想起大家常說的一句話：「哎呀，不要讓我一個人變成『留下堀』啊。」這句話裡的「留下堀」可能就是從這類傳說而來。我們由此可知，類似〈留下堀〉的傳說並不止發生在本所一處，或許在全國各地還有許多其他版本呢。

〈荒唐伴奏〉

某個秋夜（也有一說是在某個荒涼的冬夜），風聲裡，不知從哪傳來陣陣祭典的伴奏聲和嘈雜的人聲。有個人為了弄清聲音來源而走到門外，循著伴奏聲一路往前追去，但那樂聲卻愈追愈遠，就像跟追逐者開玩笑似的，最後那人只好放棄，但他這時才發現時間已晚，自己也來到一個陌生的地方。

這個傳說還有另一個版本，名叫〈狸伴奏〉，也就是說，傳說裡那人最後是被狸欺騙了。我想起小時候父親總是跟我說，狐是一種很聰明的動物，連稻荷神⑤都用牠當使者，狐要把人騙到很遠的地方去的話，會拉著那人的手一起去，所以牠自己也不會走到危險之處。但狸卻是頭腦很笨的動物，牠要騙人的時候總是在人家背後推著走，一不小心，就把人帶到危險的地方。不知狸君對這項傳說是否想辯駁幾句？

〈送行燈籠〉

深夜時份，有個人獨自走在本所附近的路上，只見遙遠的前方有一盞孤零零的燈籠，那人以為前方有人，也不以為意，便跟著那盞燈籠往前走，誰知走了好長一段路，那盞燈籠還是在他前方，看起來就像在為他送行似的，那人加快腳步想要追上燈籠，卻始終無法追上，也看不清提燈的人究竟是誰。這真是個令人毛骨悚然的傳說。要是換成現代，單身獨居的女大學生或粉領族會把這盞燈籠看成令人安心的引路燈嗎？我想一定不會吧。

〈無落葉椎〉

隅田川（當時叫做大川）沿岸有一座武士家屋敷，這家人姓松浦，庭院裡種著一棵巨大的椎樹，那棵樹十分神奇，一年到頭不論任何季節從來不掉一片落葉。松浦家的屋敷也因為這棵椎樹而遠近馳名，大家都把這座宅第叫做「椎木屋敷」。

其實椎樹並非落葉木，原本就很少掉葉子。但我想這個傳說最吸引人的部分就是形容這棵樹「一年到頭不論任何季節從來不掉一片落葉」。

〈洗腳宅邸〉

本所三笠町（現在的墨田區龜澤町附近）有一座旗本⑥屋敷，每天深夜到了丑三刻⑦，整棟宅第便開始發出嘎唧嘎唧的聲響，接著，一隻骯髒不堪的大腳便從天花板垂下來，天花板上不斷傳出「幫我洗！幫我洗！」的命令聲。這家人按照指示把腳洗乾淨後，大腳便安安靜靜收回到天花板之上，然而第二天晚上丑三刻，大腳又舊戲重演，再度垂下來讓人洗。漸漸地，這家人不勝其擾便搬走了。大腳出現的怪現象也驟然消失。

關於這件怪事，我還聽過另一種版本，事件的舞臺變成一家做生意的人家，那隻大喊「幫我洗！幫我洗！」的大腳消失後，這家人的運氣便一落千丈，最後家破人亡。不過我覺得這個版本似乎是跟〈座敷童子〉⑧混為一談了，也算是口述傳說的有趣之處吧。

〈不滅掛燈〉

本所南割下水附近（現在的錦系町站北邊）有個夜間才做生意的蕎麥麵攤，從表面看來這麵攤沒什麼特別，但不論何時從那裡走過，攤子前面總是看不到一個人影，只有攤上的掛燈發出燦爛的光芒。而這掛燈也從沒熄滅過，好像燈裡的燈油永遠燒不完似的，令人感到十分詭異。以上就是傳說的全部，內容似乎不太刺激。另外還有另一種說法：這座無人麵攤的掛燈後來熄滅了，不少經過此處的熱心路人便把掛燈重新點亮起來，誰知點亮後又立刻熄滅了，而這好心的路人家裡必會遭到災難。或許這是一種恩將仇報的版本？或者也可說這個版本是在教人不要自找麻煩？

對了，走筆至此，我突發奇想，如果現在公開宣稱「〈不滅掛燈〉之類的傳說證明我們在江戶時代就已經開發出自由能⑨啦」，《小說新潮》編輯部諸位先生一定會罵我瘋子，並杖打一百大板吧。

〈單葉蘆葦〉

橫跨大川之上的大橋（就是現在的兩國橋，但位置跟現在不太一樣）北側有條小小的城河叫做駒止堀，不知為何，這條河邊的蘆葦都只有半邊長出葉子，實在非常神奇。以上就是傳說的全部內容，我所知道的版本也只到此為止，不過在前述《墨田昔話》裡，卻又加進一段前世因果的故事來解釋蘆葦變成只剩半邊葉子的理由Ⓑ。

話說從前在橫網（這地名現在還有）有個名叫留藏的流氓，他看上住在三笠町的女孩阿駒，但阿駒對他毫無好感，留藏因愛生恨，不但動手殺了阿駒，還把她的手腳四肢都割下來丟進駒止堀。從此以後，長在這條河邊的蘆葦全都變成只有半邊長出葉子。

〈津輕太鼓〉

我手邊有一張深川切繪圖，圖上也標示出這條駒止堀，旁邊還以小字寫著：「片葉堀」。

「咦？這是第八個傳說嘍！」認真心細的讀者或許注意到了吧？是的，這個〈津輕太鼓〉有時會取代〈洗腳宅邸〉或〈無落葉椎〉被算進七不思議裡，換句話說，也就等於是棒球的代打球員吧。或許因為這理由，傳說的內容也非常單調。話說津輕越中守⑩家的屋敷位於南割下水的南側，這家府第的防火櫓樓上並未裝設預警板木（敲擊木板發出巨響以示緊急狀況的裝置），而只掛著一面大鼓，遇到緊急情況時就擊鼓警告。當時其他的大名屋敷都使用板木示警，只有津輕家跟別人不同，所以大家覺得很怪異。

我想這位藩主可能只是特別喜歡大鼓而已吧？

就算傳說內容過於單純，又有何不可呢？

以上就是我所知道的七加一個不思議，您也可以把自家附近或鄰近地區的七不思議拿來對照一下，我覺得這也是一件趣事。

話說回來，徒步小隊這次的路線就是把這些發生怪事的舞臺走一遍。我必須在此先向讀者坦白交代，這幾個地點繞行一周的總距離只有數公里。大概就是從JR線兩國站經過錦系町站，然後再走一點，還不到龜戶站那樣的距離。整段路程大致就只有這麼長。當初為了選這條路線，尼古拉江木還在籌畫階段提出藉口說：「因為宮部小姐大病初癒啊。」

徒步企畫付諸實行的日子定在五月十三日。清風徐來的五月，啊！多美麗的五月！以往徒步小隊總是在熱死人的七月或大風吹的十二月到處奔走，現在終於盼到了天賜的宜人季節！而且這次又是近距離，全體隊員都懷著萬分輕鬆的心情準備來一次歡樂遠足。哈！小意思嘛！眾人異口同聲說道。不料到了集合的那天……

老天居然下起雨來。

2 徒步小隊重新編隊

「雨傘根本不管用啊。」

「這樣的風雨，需要穿雨衣。」

「前面幾次徒步活動雖然時冷時熱，可從來沒下過雨喔。」

徒步小隊員相約在本所回向院旁的丹尼斯餐廳集合。眾人正愁容滿面地望著窗外閒聊。

「這麼大的雨，究竟是誰帶來的？」

碰到這種倒楣事，大伙兒忍不住彼此責怪起來，最後決定把一切責任推到兩位受害者頭上，兩人都是今天第一次來參加這項活動：一位是文庫版的長谷川先生，另一位是出版部的田中先生。這兩位不幸的青年最近才被調來擔任我的責任編輯，同時也被徵召為徒步活動的苦力部隊。以前那位在徒步小隊成立時出過一陣鋒頭的隊員，也就是前出版部責任編輯廚師中村，最近調到《週刊新潮》去了。另一位老隊員文庫版責任編輯博士阿部則已跳槽到其他公司。終於，我的情報網已伸展到別家出版社去啦！（我忍不住大聲走告眾親友，卻不料尼古拉江木從背後打了我一拳。總編輯！我聽說尼古拉江木也想被調走喔！）

老實說，今天碰上下雨並不能責怪兩位新人，因為我才是個不折不扣的雨女⑪。我在推理小說界可是有名的掃把星喔。不過我並沒開口，只裝出一副干我何事的表情默默地吃我的午餐。

「不過啊，像這種跟鬼神有關的七不思議走訪活動，即使碰上壞天氣也無話可說啦。」尼古拉江木說。他今年春天已升級為一個男孩的爸爸，現在似乎略有成熟之氣。

「既然這樣，我們必須找一條較有效率的路線。」年紀最輕的長谷川先生Ⓒ說。平日他跟我一聊起電玩就有說不完的話，而工作的事總被我們拋在一邊。今天第一次參加活動，他倒顯得幹勁十足。

「怎麼走都行啦……對了，現在兩國站大樓裡改建成啤酒屋了，你們知道嗎？」

「從東往西？還是由西往東？」出版部的田中先生Ⓓ問道。

「啊？真的？」

「還能喝到地區自釀啤酒喔。」

「那我希望終點定在兩國車站。」

「今天要是選在龜戶附近集合就好了。」

「可是全程也沒多少距離啦。從隅田川附近的〈單葉蘆葦〉出發，一直走到龜戶的〈留下堀〉，然後從那兒返回終點兩國，如何？」
「這麼一來，我們走過的距離也不至於讓徒步小隊蒙羞了。」
「地區自釀啤酒嗎？好棒啊！」
「不能被總編輯發現喔。」
這時，我已吃完午餐，無意間看了窗外一眼，才發現雨已經停了。
「啊！雨停了！趕緊出發吧！」
大伙兒一窩蜂衝出店外。青年攝影師烏龍麵土居今天一直安靜又迅速地跟著眾人一起行動。
寫到這兒，我想到這四年當中，向來做事嚴謹的新潮社竟批准我們這種散漫隨興的團體活動，而且還提供活動經費，這才是最大的不思議吧。

3 從〈單葉蘆葦〉到〈無落葉椎〉

記得以前向讀者介紹過，隅田川岸邊現已成為風景優美的散步道，河水也變得十分清澈，跟從前大不相同。只是當我把古地圖和現在的墨田區地圖兩相對比之後才發現，原本該有駒止堀的位置現已看不見城河的蹤跡，原來這裡已改建成停車場。從這兒放眼望去，四周盡是高樓大廈，兩國橋就在不遠的前方，雖說這裡屬於墨田區，但處處都能聞到都心的氣息。

眾人四處張望，忽然發現隅田川邊的水泥堤岸下有一處綠地，地上長滿繁茂的樹木。

「咦？那是什麼地方？」

由於剛才那個停車場不准閒人踏入，我們只好辛苦些，繞了一大圈才走進綠地的林蔭深處。林中有一座稻荷神社，從神社前那石狐的臉孔看得出石像的年代已相當久遠，不過神社的鳥居⑫卻塗著鮮紅的油漆，一副嶄新氣象，綠地周圍也清掃得十分乾淨。

「這裡有人看管吧？」

神社旁有一座大正浪漫⑬風味的建築，十分引人注目，越過大樓玻璃牆向內望去，樓內的裝潢似可直接當作NHK晨間連續劇的布景。窗內有一名美麗的粉領族站在那兒工作。

「這公司看起來既有深度又充滿古意，說不定就是他們在看管那座稻荷神社呢。」

「果真如此的話，真是再合適也沒有了。」

「大澤事務所也需要這樣的大樓。」我兀自編起美夢，「不知他們肯不肯買一棟。」

大澤事務所現在擁有兩位鼎鼎大名的作家：大澤在昌先生和京極夏彥先生，如果他們想在兩國橋東邊買一棟或兩棟大樓，根本就是小事一樁。

對了，提起京極先生的大名，我倒想起一件事，他那套通稱「京極堂系列」的第五本小說《絡新婦之理》就曾提到過七不思議。那是在全書的謎底快要揭曉時，京極堂與故事人物之一的女孩有一段對話。他問女孩能否把校園裡流傳的七不思議告訴他，而小說裡的事件舞臺正是這間女校。

京極堂聽了女孩的敘述和列舉的不思議數目後說：

「……不思議原本只有那六個吧？」（也就是說，其中一個不思議是為了湊數而加入的。）

站在一旁的刑警說：「通常要講不思議都是七個吧？」京極堂解釋道：「特別重視『七』這數字的習俗，歷史應該還不長。幾個傳說都無所謂啦。」

若要引用更多原文，我就必須把《絡新婦之理》的故事內容也向讀者簡介一遍，所以還是就此打住。尚未讀過原書的讀者，您讀到這篇徒步日記時，最好立即奔赴書店。那是一部充滿知性且極具刺激的作品，就算您平日對小說沒興趣，但只讀這段有關七不思議的部分也很值得喔。真的值得一讀！

話說徒步小隊繼續沿著隅田川東岸向北行。或許〈單葉蘆葦〉的前世因果故事是真的，但當這河岸不再生出蘆葦時，阿駒心中的怨恨應該也早已消失了吧？……眾人一路閒聊走向橫網町的〈無落葉椎〉，也就是朝著現在的「國技館」方向前進。

提起國技館，立刻讓人聯想到大相撲。我們在隅田川沿岸的路邊看到一些有趣的相撲圖片。這條整修得十分平整的道路現已成為居民散步專用的遊步道，沿途的牆上嵌著幾十幅浮雕畫，內容似乎是相撲決勝特技的四十八種姿勢。每張畫裡都有兩名正在競技的力士⑭，畫旁還附有該項決勝特技的名稱與解說。圖片內容都非常淺顯易懂，畫面構圖也令人覺得賞心悅目，只是我們看了圖畫卻產生一些新疑問。

「這個決勝特技的名稱很少聽說。」

「怎麼這裡全是從沒聽過的名稱啊。」

一連看到幾個諸如「大渡」[15]、「鴨入首」[16]之類的名詞，就連平日對相撲一竅不通的我也知道，這些名詞好像從沒在《大相撲選播》[17]節目裡出現過。

「這些……大概是祕技吧？」

「禁用的特技？」

「但有必要專為這種特技製作浮雕嗎？」

眾人七嘴八舌地討論一番，最後得出的結論是：這些姿勢並非現代的四十八種特技，而是刊載在古籍上的古代技巧。讀者中如有對相撲歷史熟悉的朋友，懇請您不吝賜教[F]。還有，各位得空時也請到這兒來參觀一下！可以看到很多令人發笑的動作唷。

這回企畫最令人感到美中不足的，就是沿途缺少歷史物證，由於這回的主題來自民間傳說，我們找不到像上次重走赤穗義士復仇回程路線時的那種證據。一路上，我們既看不到〈無落葉椎〉紀念碑，也找不出一張描繪〈單葉蘆葦〉的圖畫，唯一能做的就是無聊地低頭猛走，偶爾瞄一眼手裡的古地圖以確認自己的位置。

「我是有生以來第一次走到這兒。古地圖和現代地圖上的道路、城市規畫區幾乎完全一樣呢。」

死海文書田中⑱很感動地說。

「雖然有些城河已被掩埋，但現在仍有痕跡可循，很容易就能找到相關位置。這裡在東京大空襲時曾被燒得一乾二淨，真沒想到從前的街道結構還能保存下來。」

本所深川在江戶時代算是新生地。直到江戶中期以後，這裡才被歸入「江戶」而畫進朱引線⑲的範圍裡（被認可為江戶町奉行所管轄地區）。換句話說，這裡原本不算江戶城的城下町，也不必把街道建成城下町特有的放射狀。另一方面，這地區的交通向來以船運為主，街道規畫也以適於船行為優先考量，因此城區結構看來就像貼滿方眼紙一般。但也所幸建成了這般模樣，今日這片城區才沒發生太大的變動。後來有位計程車司機告訴我們，他剛出來開車時，總是在本所深川（現在的墨田區南部和江東區北部）附近載客，等他習慣了這裡的地理環境後，再到山手線內側的杉並、世田谷、目黑等放射狀道路（這裡有些道路原是農產道路）地區開車，簡直覺得苦不堪言。

話說我們這群人不知不覺已通過國技館門前，走到椎木屋敷的位置確認一番，這時忽見路邊有一家賣鯛魚燒的小店，店名不知為何叫做「浪花屋」，眾人便一面嚼著這家小店的美味鯛魚燒一面繼續向東前進。

4 〈留下堀〉在哪裡？

「筆直往東走，就會看到〈津輕太鼓〉裡的津輕越中守家的屋敷……」

我們已來到墨田區綠町，這裡剛好位於兩國站和錦系町站之間的正中央。

「〈留下堀〉的第一候選地點就在這段路上。」

「第一候選？」

「是的。光是我查到的，就有三處地點傳說是〈留下堀〉的位置所在。」

我有點不滿地說：「從小到大，我都聽大人說〈留下堀〉就是錦系堀喔。」

「但這並非定論，對吧？」

「可是氣氛詭異的錦系町才最合適啦。」

「您說的詭異是指妖魔傳說的詭異嗎？」

「不是，我是說歡樂街的詭異。」

錦系堀緊鄰錦系町站南側，位置正好就是車站前那條歡樂街。這裡像一塊神鬼雜處的混沌世界，街上有許多菲律賓女孩陪酒的酒吧，也有學生最愛去的居酒屋，其間還能看到一些帶著危險氣息的酒吧拉客廣告。記得從前景氣較好的那段日子，我常在錦系町站前碰到菲律賓女孩問我如何買車票，最近卻很少看到她們了。

這時我們正走在一條向東的路上，這條路有個別名，叫做「北齋通」，起點從「江戶東京博物館」附近開始，沿著總武線北側向前延伸，終點是錦系町站北口的重整開發區。沿途景致十分優美，科巴卡巴那長谷川⑳不斷低聲向我嘮叨：「搬到這兒來住……」「把辦公室設在這附近……」走到半途，我們還跑進出售中的公寓樣品屋參觀一番。「北齋通」的名稱由來當然是因為葛飾北齋㉑的誕生地就在江戶東京博物館旁邊，另一方面，從博物館筆直往南走，沿著清澄通前進，路上還可看到「深川江戶資料館」、清澄庭園、櫻鍋㉒「美濃家」、泥鰍鍋「伊勢喜」等景點，這段路程現已成為哈都巴士的觀光路線，並定名為「江戶與下町文化」的遊覽散步道。各位讀者有空時不妨也來參觀一下。

另外，再向各位介紹一下本文提到過好幾次的本所南割下水，根據古地圖記載，這條下水道沿著總武線北邊呈東西方向延伸，或許是因為位置在本所南邊才得到這個名稱吧。我們一面確認〈送行燈籠〉、〈不滅掛燈〉等傳說的地點，一面向前邁進。沿途的市街風景已不像我孩童時看到的那樣充滿鄉土氣，我不免有點驚訝，同時也有點失落。

「這次的徒步之行真是……」

「就是啊，簡直就像平日散步。」

「因為沒有史蹟可看嘛。」

徒步小隊員發出陣陣嘆息，卻不料老天爺突然大發慈悲，正當我們從錦系町站前往南前進時，眼前出現一塊招牌，上面寫著幾個大字：「留下堀」。

「看吧！〈留下堀〉真正的地點就是錦系堀，這就是證據！」

那是一家居酒屋的招牌，牌上還畫了一隻河童。我們繼續朝龜戶走去，走到錦系町站的東南面，突然景色一變，四周全都是旅館街。我看到路旁有一幅瓷磚畫，圖畫內容正是〈留下堀〉的故事。於是，我手握釣竿和魚籃站在這幅畫前拍了一張紀念照。只是我心裡好害羞啊，因為平時我的活動範圍就在這附近，總覺得隨時會碰到熟人。

旅館街當中有個小公園，園裡有座小小的噴水池，還有一塊布告欄（市政單位設置的），上面寫著本所七不思議和〈留下堀〉的傳說內容。徒步全體隊員又在這兒拍了一張紀念照。「你們在幹嘛？」這時突然有個可愛的童聲傳來。大家轉過頭，看見一個小學一二年級的男生站在那兒。男孩身上披著黃色雨衣，肩上背著書包。

「我們在照相啊。也給你照一張吧？」

「嗯，幫我照一張！」

說完，我和小男孩站在一起拍了紀念照。快門才剛按下，「再見嘍！」男孩丟下這句話，一溜煙地跑得不見蹤影。

「那孩子……大概是河童吧？」

科巴卡巴那長谷川帶著畏懼的表情低聲說道。尼古拉江木聽了大聲笑說：

「是啊！下町的孩子比較不怕生啦。哈！哈！哈！」

嗯！他說的好像是事實。

今天徒步之行的終點是〈留下堀〉的第三候選地點，也就是第三龜戶中學大門口。當地人把這所學校叫做「三龜中」。翠綠的校園（不是草地喔）襯著雪白的校舍，我們在校門口看到有幾個穿制服的女孩正要放學。

「咦？這裡應該不是〈留下堀〉啦！」

在這群女學生面前，我不太願意抓著釣竿和魚籃照相。

「因為這是學校大門啊！又不是城河！」

「城河已經埋起來啦。這裡現在可以建校門或其他任何東西。」尼古拉江木回答得好冷酷啊。

「來！拿好釣竿和魚籃，擺個姿勢嘛！這是最後一張了。」

真是無話可說Ⓖ。說不定那時笑看我們拍照的女孩裡有人原本立志要當作家呢。或許她還是個曠世奇才！然而，那孩子卻看到我這副德行。

「喔！宮部美幸！作家竟被迫做這種丟臉的事情！我才不要！死也不要當作家！」

萬一那孩子腦中生出這種想法，怎麼辦？

「將來出版界要是後繼無人，那都是江木先生害的。」

「您幹嘛為這種無聊的小事操心啊？現在更重要的是，自釀啤酒時間到啦！自釀啤酒！」

眾人立即奮起奔向兩國車站，這裡的自釀啤酒真是冰涼美味！啤酒之後的軍雞㉓火鍋也好吃得不得了。每回徒步之行都辦成了美食企畫，不但幫我恢復體力，也令人覺得幸福萬分！

5　一小段蛇足

我正在寫這篇文章的今天，七月一日，是的，那名十四歲少年Ⓗ已被捕好幾天了。這次發生在神戶的小學生凶殺案震撼全國，十四歲少年因涉嫌殺人而被抓了起來。

我本身並非犯罪學專家，也不了解教育問題，有關這次事件的訊息，我只能從報紙和電視新聞取得，所以我不願在此輕率發表意見，唯一能做的，就是為受害者淳君祈福，並期待、祈禱警方對被捕少年盡量做到公正以待。

現在低頭撰寫這回〈本所七不思議〉原稿的同時，我也在持續關注神戶事件的相關報導，走筆行文之間，腦中浮起了一個想法：不論各地流傳的「七不思議」，或從前任何村鎮都可能存在的「鬼屋」，這些概念肯定都具備了某種機能吧？

究竟是什麼機能呢？我想，人與人聚居的場所必有「妖魔」出現，而這些概念所具備的機能則是吸收或鎮住那些「妖魔」。

我想起神戶事件還沒破案前，一位專門研究都市論的大學教師曾分析過須磨區城市構造、道路規畫與友之丘中學的位置關係，他說：「這裡雖然景色優美，機能便利，但卻缺少留白，或者也可說是遊玩的空間吧。」聽到他的話，我不禁聯想，凡是跟幼兒或青春期少年有關的事件，似乎都必然發生在郊外的新興住宅區或重整開發區。

我不禁自問，如果淳君遺體被拋棄的那座水槽山上有一處古老的森林，如果這處比當地居民更早存在的森林扮起當地守護神的角色，如果山上還有一座奉祀山神的神社，結果又將如何？地方的歷史和共同記憶能超越住民的個別記憶，因為住民的行蹤總是漂浮不定，今天有人搬來，明天又有人搬走，眾多住民的心底藏著陰暗而不為人知的許多東西，其中包括生死、爭鬥、血淚、殺戮等，只有靠地方歷史和共同記憶才能淡化住民心中的黑暗部分。

那些異常敏感而又容易迷失自我的孩子十分需要上述的場所，因為森林或神社能夠驅逐或吸收「妖魔」，孩子們來到這些場所便感到安心。但我們今天不僅缺少這類場所，日本人也已忘了恐懼，甚至已開始逐漸拋棄對鬼神的敬畏之心。

我們這個介紹玩樂的企畫「徒步日記」已堅持了很長一段時期，下回終於將要迎來最後一回。完結篇的內容有點像上面這篇蛇足短文的延長，我們打算盡量走訪多處與江戶民間信仰有關的聖地，並親自用雙眼實地觀察。
敬請期待！

注釋、解說、後記

Ⓐ**事件**：五月，神戶市發生了土師淳君凶殺案㉔，接著，四大證券公司因向職業股東提供不正當利益，致使高層幹部連續辭職或被捕。

Ⓑ**理由**：據《牧野新日本植物圖鑑》說明指出，蘆葦是單葉互生，葉片排列成兩行（每節相互錯開，各邊輪流長出一片葉子）的植物。蘆葦的葉子可能因為風向而全部吹向一邊，結果看起來就像單葉蘆葦。其實這世界上根本沒有不可思議的事！不過古人為了解釋這些自然的不思議現象所創造的各種傳說卻又實在非常有趣。

Ⓒ**長谷川先生**：這位長谷川先生竟是卡拉ＯＫ高手。平成九年十二月，拙作《蒲生邸事件》榮獲日本ＳＦ大獎，當時我高興萬分，頒獎晚宴後的第二輪慶功宴便以卡拉ＯＫ大會代替，一大群人徹夜歡唱。就在我離席片刻回到會場時，忽然聽到有人正在高唱〈科巴卡巴那〉。哇！這是誰呀？我睜大眼睛望去，原來是長谷川先生。從那時起，他便被我命名為「科巴卡巴那長谷川」了。順便再告訴讀者一個祕密，他連「吉普賽國王合唱團」㉔的〈啾比啾巴〉㉕也會唱喔。好恐怖唷。

Ⓓ**田中先生**：這是田中先生在出版部第一回跟我共事，但以前他在《週刊新潮》任職時，我寫的單次刊完時代小說都歸他負責編輯，也因為有過從前那段合作經驗，所以現在才能爆他的料，這位仁兄啊，字寫得好爛唷。每次用傳真送來文件，我都得打電話回去問他：「這上面寫的是什麼？」因此我將他命名為「死海文書田中」。天下再也找不出那麼難以辨認的文字啦。

Ⓔ**京極堂系列**：故事主角中禪寺秋彥是一家舊書店「京極堂」的老闆，同時也是神社主人。這是一套充滿成熟氣息的系列小說，故事內容描寫主角遇到一連串怪異事件的經過。「世界上根本沒有不可思議的事」是男主角最愛說的一句話。

Ⓕ**相撲**：據說這些浮雕是依據江戶時代元祿年間出版的《相撲圖式》，由相撲博物館協助墨田區公所製作而成。「大渡」是決勝特技，而「鴨入首」則是競技姿勢，或可稱為「架式」，這個姿勢還可延伸變化為其他的把式或決勝特技。一般常說相撲共有四十八技，但根據日本相撲協會表示，目前的七十技加上「勇足」㉖和「腰碎」㉗兩種「自殺動作」，實際上共有七十二技。

Ⓖ**釣竿和魚籃**：真的是無話可說。諸位聰明的讀者或許

已注意到，這裡有個令人不解之處：為何釣竿和魚籃會變成這回徒步活動的隨身道具？

H 十四歲少年：平成九年二月至五月的三個月之間，神戶市須磨區連續有五名兒童遭人殺傷。五月二十七日清晨，失蹤的小學六年級男生的斷頭被人放在中學大門口，旁邊還有一封寫給警方的挑戰信，信上署名「酒鬼薔薇聖斗」。六月二十八日，兵庫縣警以殺害淳君的嫌疑逮捕了一名中學三年級男生（當時十四歲）。

譯注

①黴漿菌肺炎：Mycoplasma pneumonia，黴漿菌引起的肺炎。

②七不思議：七個奇異的現象。日文的「不思議」專指奇怪的事物或現象，不一定有故事情節，也不一定發生在古代，「不思議」與「怪談」是有分別的。「怪談」專指鬼怪故事。

③繩文人：指生活於繩文時代的人。繩文時期處於舊石器時代後期，約一萬六千五百年前至三千年前，現存遺跡很多，其中出土的大量陶器和陶俑表面有繩索圖案，故稱繩文時期。

④〈貉〉：小泉八雲於一九〇四年出版的《怪談》中的一個故事。故事裡的貉能化身為野蓖坊出來嚇人。野蓖坊是一種虛擬的日本妖怪，外形長得跟人一樣，臉上沒有口、眼、鼻。小泉八雲（1850–1904）為日本文學家，生於希臘，本名Patrick Lafcadio Hearn，一八九六年歸化日本，改名小泉八雲。

⑤稻荷神：日本神話中專司穀物、食物之神的總稱。從中世紀之後，狐便被視為稻荷神的使者。

⑥旗本：將軍周圍擔任護衛任務的家臣團，亦即將軍麾下，江戶時代俸祿一萬石以下、有資格面見將軍的武士稱為旗本。

⑦丑三刻：約為半夜兩點至三點。

⑧座敷童子：傳說中的一種日本妖怪，座敷即房間，座敷童子即房間裡的小孩，主要寄住在破舊、有小孩的屋內，化身為穿紅色和服的小孩模樣，通常大人看不到，只有小孩才能看到。從前日本的家庭常在門口放置糕餅，座敷童子吃了住下來，就會給這家帶來好運，相反的，如果對座敷童子不好，他就會跑掉，而使這家人陷入不幸。

⑨自由能：free energy，不需外界輸入能量、能源而能不斷自動運轉，這種自發的能量、能源稱為自由能，利

用自由能運轉的機械稱為永動機。製造永動機是無數科學家千百年來的夢想，但至今尚未實現。

⑩越中守：越中國的藩主，越中國位於今日的富山縣。

⑪雨女：走到哪兒都碰到下雨的女人。

⑫鳥居：豎立在神社參道入口前的大門，形狀為左右兩根大木，上方以一道橫梁固定。

⑬大正浪漫：概指具有大正時代氣氛的思想與文化現象。大正時代受到歐洲浪漫主義的影響，個人解放與新時代理念等思潮興起。

⑭力士：相撲選手。

⑮大渡：原本向前伸出的手臂趁勢壓住對方並把對方推倒的特技。

⑯鴨入首：雙方四肢著地並同時把對方腦袋押進自己腋下時，奮力一推，把對方推倒在地的特技。

⑰《大相撲選播》：朝日電視臺從一九五九年開臺以來定期播出的相撲實況錄影節目。二〇〇三年節目中止後，NHK於二〇〇四年開播類似的新節目。

⑱死海文書：請參見注釋D，死海文書也叫死海古卷，指一九四七年發現於死海附近的大批古籍，其中包括絕大部分的舊約聖經，以及許多今日天主教承認但基督教新教視為偽經的經卷。

⑲朱引線：江戶時代為表示府內、府外的分界而在地圖上畫出的紅線。

⑳科巴卡巴那長谷川：請參見注釋C。科巴卡巴那(Copacabana)是美國歌星巴瑞曼尼洛(Barry Manilow)於一九七四年發表的迪斯可歌曲。

㉑葛飾北齋(1760–1849)：江戶時代著名的浮世繪畫師，也是江戶後期的代表畫家，代表作有「富嶽三十六景」、「北齋漫畫」等，在世界上也是有名的大師級畫師。

㉒櫻鍋：馬肉火鍋，因馬肉呈粉紅色，看來像櫻花的顏色。

㉓軍雞：江戶時代從暹邏傳來日本的一種鬥雞。雞肉味道極好。

㉔吉普賽國王合唱團：The Gipsy Kings，法國的合唱團。

㉕啾比啾巴：Djobi Djoba。

㉖勇足：原本已快把對方推倒的選手不小心把自己的腳踏出土俵。

㉗腰碎：對方還沒動手，自己先失去平衡倒向地面。

第七回

神佛混淆大團圓

平成九年十月二十一、二十二、二十三日

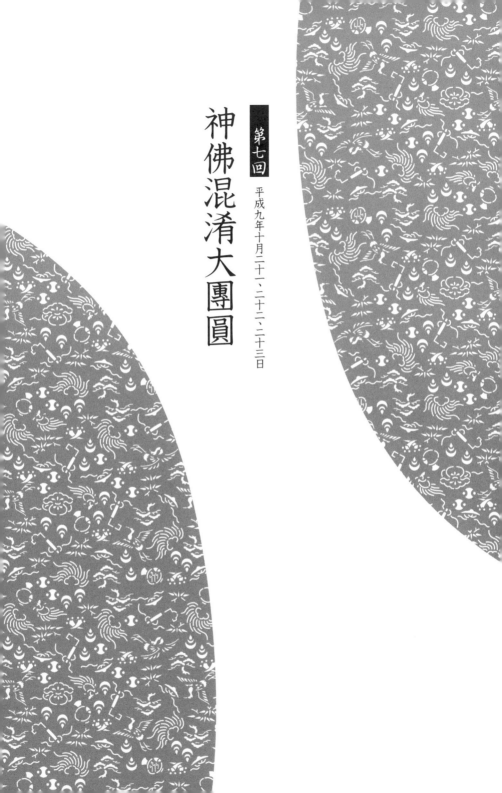

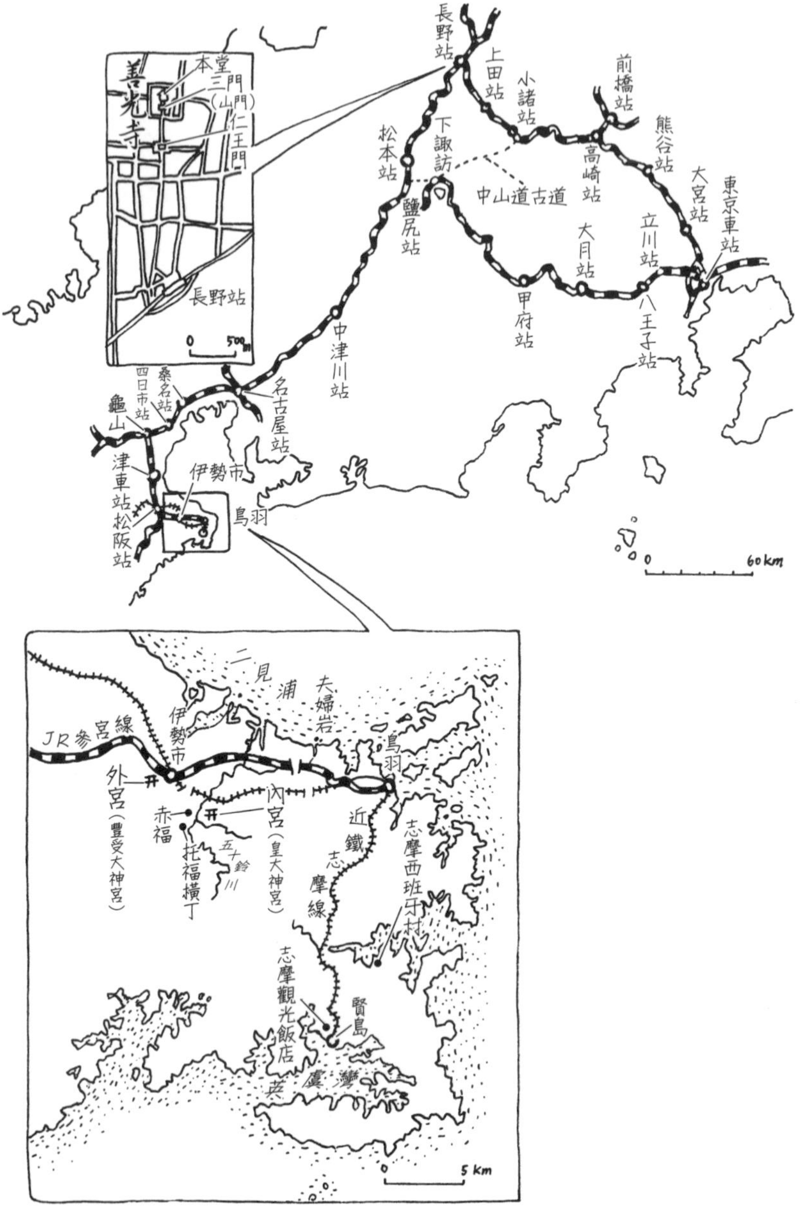
善光寺
本堂
三門(山門)
仁王門
長野站
0 500m
長野站
上田站
小諸站
前橋站
熊谷站
高崎站
大宮站
東京車站
松本站
下諏訪
中山道古道
鹽尻站
大月站
立川站
甲府站
八王子站
中津川站
名古屋站
桑名站
四日市站
龜山
津車站
松阪站
伊勢市
鳥羽
0 60km
二見浦
夫婦岩
伊勢市
JR參宮線
外宮(豐受大神宮)
鳥羽
赤福
內宮(皇大神宮)
托福橫丁
五十鈴川
近鐵志摩線
志摩西班牙村
志摩觀光飯店
賢島
英虞灣
0 5km

1　再來段長得要命的開場白

久違了，各位讀者。這段日子景氣尚未復甦Ⓐ，水電瓦斯等公共稅收Ⓑ卻調漲了，再加上新型流感Ⓒ爆發，暖冬少雪Ⓓ的天氣又害得滑雪場無法開業。身處如此的世道，希望您平安無恙。

經過長途跋涉，踏遍千山萬水，終於迎來最後一回。現在低頭回顧，哎呀！我們真的走了好多好多路！不過這項企畫原本就是出於我個人好奇心而展開的，所以一路玩到現在，我始終興致勃勃。況且我還吃到了很多美食。

言歸正傳，話說最終回究竟到哪兒去徒步呢？從上回進行「本所七不思議」之旅時，責任編輯尼古拉江木就和我一直討論這個問題。既適合當作完美句點，又能讓徒步活動充滿意義（這種說法或許有點矛盾，卻是我的由衷之言）的路線，究竟在哪兒？

就在我搜索枯腸，獨自苦思時，責編尼古拉江木滿面帶笑地跑來找我。

「我想到徒步最終回的路線了。」

那時是去年的初春。

「哎唷！哪裡啊？」我裝出平靜的表情問道。

尼古拉江木露出得意的笑容。「山田長政❺怎麼樣？」

「啊？」

「也就是說，我們要去暹邏！出國唷！出國！」

「暹邏是哪兒？」

「喔，就是現在的泰國啦。那裡也是最受年輕女性歡迎的旅遊勝地之一。譬如曼谷就很好玩，還有其他風景優美的休閒地。因為徒步企畫長期以來多虧宮部小姐照顧嘛，而且總編輯也說了，至少在最終回，要讓您藉採訪之名來一趟悠閒的觀光旅行啊。」

尼古拉江木滿臉笑容，我瞪著他那張臉，連連眨著眼睛。

「您意下如何？如果您的日程能空出來，就去四晚或五晚……」

「不要！」

「雖說是徒步，可是幾乎都不用走路啦。山田長政只是名義上的……」

「不要啦！」

「芭達雅海灘很美唷。也有很不錯的休閒旅館……」

「不是跟你說不要嗎？」

「不是芭達『不要』①，是芭達雅喔。」

「跟你說不要啦。我不要去外國。」

尼古拉江木這才從他的歡樂美夢裡醒過來。
「對不起，您剛才說什麼？」
「我不去外國。」
尼古拉江木一副親手抓住惡鬼似的表情說：「宮部小姐害怕海外旅行喔？」
才不是呢！「不是啦！我不怕海外旅行。」
「那您怕什麼？飛機嗎？」
沒辦法，還是告訴他吧？「……異人②。」
「啊？」
「我很怕異人。」
「您是說那家禮服製造商嗎？」
「那家禮服店是Igin③！」
誰有工夫跟你在這兒胡扯？
「您怕外國人啊？」
「嗯……」
反正跟你也說不通啦。
「這年頭，您這樣的可不多見喔。所以，您這是獨自一人在執行異國船擊退令🄵嘍？」

我又沒用大砲打他們。

「哦……嗯……」尼古拉江木臉上不知為何露出刮目相看的表情，他看著我說：

「這樣啊？原來宮部小姐也有害怕的東西喔。」

說了半天，結果因為我動用否決權，尼古拉江木的泰國觀光美夢也就告吹，他垂頭喪氣地回到總編輯身邊，重頭思考企畫內容。

後來有一天，我去參加《歷史街道》雜誌主辦的對談活動，並在會中碰到杉浦日向子④小姐。杉浦小姐是江戶風俗研究家，也是我的師傅，那天我們對談的主題是「江戶的旅遊與信仰」。杉浦小姐的談話生動有趣，對我很有助益，聆聽她的談話時，我突然心生一計：

徒步完結篇何不去走一趟江戶人樂此不疲的參拜路線呢？

回家後，我立刻給尼古拉江木打電話，一開口就對他說：

「我說啊，我們去把善光寺啦、伊勢神宮啦、大山參拜⑤啦、江之島弁天女神⑥等等各處都走一遍怎麼樣？」

「這什麼計畫呀？」

後來經過反覆討論，由於日程有所限制，我們決定把善光寺和伊勢神宮合併為一條路線。不過整個企畫拍板定案卻是在半個月之後。其實照我原本計畫，是連富士山和金比羅宮⑦等地都想一起去的，誰知攝影小組一聽說要去爬富士山，連忙哀號求饒：「拜託唷。那個地方就……」

到了出發日的幾天前，我向大澤事務所的龍頭老大大澤在昌先生Ⓖ報告這次徒步之行要去善光寺和伊勢神宮。

「怎麼？神佛混淆⑧得好厲害呀！如此安排不要緊嗎？」

大澤先生擔心地說。嗯，的確言之有理。

但仔細想來，江戶人不也一樣嗎？既有令人敬畏的各路神仙，又有值得尊敬的諸位菩薩，還有必須祭祀的眾多祖先，這就是我國的習俗，我們也因而擁有不可動搖的信念。最近我更是深刻體認到，歐美、中東崇拜一神的絕對信仰有其頑固凶暴的一面，跟那些信仰比起來，我們表達虔敬的方式是多麼穩重、溫和啊！

另外還要向各位報告一下，前文提到杉浦日向子老師和我的對談內容，現已全部收錄在對談集《杉浦日向子的江戶塾》（ＰＨＰ研究所出版）裡面，除了我向師傅請教的問題外，還有很多好玩又令人意外的江戶趣事，請您不妨撥冗一讀。

2　到善光寺吃味噌霜淇淋

這回徒步之行定在平成九年十月中旬。特別值得介紹的是，從今年十月起，大家就能搭新幹線到善光寺去了。正是！因為長野新幹線通車啦！以後從東京到長野所花費的時間不到一個半小時。這都是托長野冬季奧運會⑨之福啊！

只是……出發那天卻有件事讓我大失所望。

「聽說長野車站的古老木造建築很美麗，看起來就像善光寺的大門。」

坐進列車後，我興奮地告訴大家。老實說，今天不但是我第一次到善光寺，也是頭一回在長野車站下車。

「對呀。那地方是個景點。」有人答道。但誰知到那兒一看，車站已變成一棟嶄新的宏偉建築，舊車站的身影已不復追尋。

「怎麼回事?」

是的！只要新幹線一開通，這種事就免不了。凡是新幹線的車站全造得一模一樣，就像是複製生物似的。那種銀白的金屬感，或也可稱之為「明日之後」的設計，簡直就像《星際大戰》裡的死星指揮塔一樣。

對了，請原諒我現在才向大家介紹這回徒步小隊成員。其實，不介紹也行啦。因為這回的成員跟上回完全一樣。

「這次我們不必像上次走那麼多路吧？」

提出這種天真疑問的人，是出版部的死海文書田中。以前我們走過幾次真正累死人的路線，譬如像「四十七義士復仇回程」或「石階登上箱根山」等，他都沒經驗過，就連上回去走周遊本所路線時，平日缺少運動的他也一路嚷著：「好累啊！」不過他以前在《週刊新潮》當過記者，可能對「異人」不會心懷畏懼吧。

「天氣真好，很適合遠足啊！」

文庫編輯部的科巴卡巴那長谷川愉快地說。他也是上回的成員，少年時代踢過足球的他擁有一對勇健的雙腳，而且因為父親工作的關係，這位海外歸國男孩的童年是在德國度過的，所以他是百分之百不畏懼「異人」。

每次徒步活動裡最消耗體力的工作就是攝影。今天年輕攝影師烏龍麵土居也來了，這次臨行前才剛把美嬌娘娶回家的他，原本不想跟我們出門的，可是攝影部年紀最大的馬克田村臨陣脫逃了。以前幾次累死人的徒步之旅都是馬克田村陪我們去的。但我想不論是烏龍麵土居或馬克田村，他們攝影的對象早已多得數不清，所以他們倆一定不會害怕「異人」。

今天的天氣正像科巴卡巴那長谷川所說，真是好得不得了，蔚藍的天空下，山上的紅葉——才紅了三分之一。最讓人開心的是天氣非常暖和，長野市正午的氣溫高達攝氏十八度。

大伙兒踏上寬闊又熱鬧的參道⑩，一路朝向善光寺大門走去。放眼四望，周圍的市街建設既完備又具近代氣息，這座悠久威嚴的古寺悄然藏身其中，這幅景象實在是美極了！信州⑪這地方真不錯，我不禁開始認真思索，將來要是能搬到這兒來居住就好了。

科巴卡巴那長谷川和死海文書田中兩人先把大伙兒的行囊送到寄物處，我和尼古拉江木、攝影師烏龍麵土居則先行抵達山門下。從這兒開始，汽車一律不准入內。今天雖不是放假日，但剛好碰上旅遊旺季，路上遊人如織，十分擁擠。

「好熱鬧！」

說著，我轉眼向四下打量，一眼就看到土產店門外掛著一面旗幟，旗上寫著：

善光寺名產　味噌霜淇淋

旗子旁還有幾位顧客正在排隊。那霜淇淋看起來非常好吃。

參拜前吃霜淇淋可是對菩薩大不敬啊，但我這時口渴難耐，決定豁出一切，先嘗嘗滋味再說。

然而，尼古拉江木從店裡走出來時，手裡只拿著一份霜淇淋。

「你不吃嗎？」

「不，我買了燒餅⑫。」

這樣喔？今天有點熱，霜淇淋的味道多好啊！我嘀咕著張開嘴，咬了一大口霜淇淋。

「……」

「味道如何？」尼古拉江木問我：「真的是味噌的味道？」

「……」

「我這燒餅很好吃喔。」

「……」

「那家店不是賣土產的，原來是一家味噌店。」

「……」

各位讀者，我在這兒一連寫了那麼多點點，不是因為我懶惰喔。因為我真的不知該說什麼。

「所以說，我決定吃燒餅是正確的選擇。」

呃——這個嘛，讓我從結論說好了，味噌霜淇淋倒也不難吃。確實是味噌的味道，而且是白味噌，所以這霜淇淋的顏色是白的，不是褐色的。呃——而且呢，很多香客都在吃，大家都是一副津津有味的樣子，所以我也吃光了。

但下次再到善光寺去的話，我會選擇這家店旁的另一家，那家店外的旗上寫著「富士蘋果霜淇淋」。抱歉嘍！

每次到寺廟參拜，最令我欣喜的就是那高雅的線香氣味。也不知為何，只要一聞到這氣味，我就覺得全身好放鬆。

長久以來，善光寺一直被大眾視為民間信仰⑬的寺廟，因為它不屬於任何宗派，且大門永遠向所有的民眾敞開。我們穿過大門後，看到山門（高度竟有二十公尺！是重要文化財）聳立眼前，內側牆上寫著全國各地寺廟的名稱。這些寺廟跟善光寺之間保持互助關係，名單分為東日本和西日本兩大部分，密密麻麻寫滿整面牆壁。善光寺不拘泥於宗派之別，願將眾生一律渡往通向極樂淨土之路，它這份仁慈也可從著名故事「被牛牽進善光寺」⑭獲得印證。

今天是我第一次到善光寺參拜，看到這座建築，最讓我驚訝的是它的龐大。真是一座巨大的建築！據說寺內的大殿建於一七〇七年，屈指算來，它已在這兒聳立近三百年的時光，難怪能獲得廣大庶民的尊崇與信仰，據《善光寺緣起》⑮記載，寺內的本尊佛像「一光三尊阿彌陀如來」⑯，是百濟的聖明王在欽明天皇⑰時代送給日本的禮物，不久，日本國內發生崇佛廢佛之爭，廢佛派的物部氏打敗崇佛派的蘇我氏，把佛像拋棄在難波⑱的堀江裡，多年後，佛像被一名信濃國人士⑲拾獲並重新供奉在此，因而才有今天的善光寺。

「聽說這裡共有一百零八根柱子。」

跟除夕夜的鐘聲數目一樣！這也是人間煩惱的數目啊。

「宮部小姐的煩惱有一百零九種。因為還要加一項：恐懼異人。」

才不要你管呢。

這次到善光寺參拜前，我心中最期待的一個節目就是「戒壇巡迴」。這是指正殿存放本尊佛像的廚子⑳下方那條黑漆漆的迴廊，如果信徒繞廊前進時摸到佛像正下方的一把鎖㉑，將來往生後就能前往極樂世界。而這繞廊一周的活動就是所謂的「戒壇巡迴」。

今天參拜的香客很多，等待「戒壇巡迴」的隊伍排得很長，我們也乘機把大殿仔細欣賞一番。只見極高的屋頂下，一尊巨大的佛像站立眼前。殿內光線幽暗，即使白天也無法看清每個角落。燭光搖曳，紫煙裊裊，眾多香客正各自低頭默禱，耳中依稀可聞喊喊喳喳的禱告聲。

快走到「戒壇巡迴」入口時，我向那陡直通往地下的樓梯偷看一眼，樓下果然一片漆黑。負責引導香客前進的和尚高聲要求大家保持安靜，但排在前面的人群仍然連連發出「哇！」「啊！」的驚叫。

「坂東真砂子㉒所寫的《狗神》，一開始的鏡頭就是這裡喔。」我說。

「是呀。」

那部恐怖又悲慘的小說是以這裡拉開序幕：正在「戒壇巡迴」的人群在黑暗中看到一個奇怪的女人，女人正低頭感傷自己無法摸到那把鎖。

「我讀過《狗神》之後，一直很期待到這兒來。可是我現在好緊張喔。萬一那個奇怪的女人跑出來怎麼辦？」

我剛說完，科巴卡巴那長谷川立即哈哈大笑起來。

「沒關係啦。我是坂東小姐的責任編輯，就算有奇怪的女人跑出來，到了我這兒，應該也會出去的。」

是這樣嗎？

這時輪到我們入場了。我緊繃神經抓住扶梯，順著陡峻的樓梯往下走。全體隊員由尼古拉江木領頭，我排第二，然後依序是死海文書田中、科巴卡巴那長谷川和烏龍麵土居。

到了地下之後，四周並沒立刻變黑，因為後方仍有些餘光射進來，我還能看到走在前面的尼古拉江木的襯衣，不安的感覺並不強烈，但我已需要伸出右手摸牆前進。

「啊！這裡是個轉角，向右轉喔。」尼古拉江木說……

剛聽他說完，眼前已是摸不到底的一片漆黑包圍上來。

「伸手不見五指！」

「拜託您不要那麼大聲。因為我們距離很近。」

的確，尼古拉江木的聲音聽起來非常近。

「可是我什麼都看不見呀！」

連自己鼻尖前面都看不見。我把手舉到面前搖晃幾下，就連自己的手也看不見。

「要用右手摸著牆壁前進喔。要不然會迷路的。」

「這裡面積大到會迷路？」

「要不要試試看？」

我不止用手摸牆前進，連肩膀也緊緊貼在牆上。

「宮部小姐，您在前面嗎？」
後方傳來死海文書田中的叫聲，聽起來好遙遠。
「正往前走哪。我們距離好遠喔，快趕上來！趕上來！」
死海文書田中等人迅速地追上來。我也低頭猛進，一不小心，踩到尼古拉江木的腳。
「啊！對不起。」
「哎呀！真的抓不到距離感和方向感了。」
說著，我又踩他一腳。
「抱歉喔。」
「哪裡哪裡。」
說完，我又踩到了他。
「對不起！」
「您是故意的吧？」
我默默地躲進黑暗裡。
又向右轉個彎之後，前面傳來陣陣嘰哩呱啦的說話聲。再下面點啦！不是左邊，是右邊！
啊！摸到了！
「好像快走到那把鎖的位置了。」

冷靜的尼古拉江木說。我在他的指導下，順利地摸到那把鎖。比我想像的更大更牢固。當然，因為不是親眼所見，我也只能憑想像猜測大致的形狀。

這時身後的科巴卡巴那長谷川發出抗議的聲音：

「田中先生！你摸的不是鎖，是我的手啦。」

「我說呢，怎麼這麼軟。」

這兩人沒問題吧？

不一會兒，眾人重新爬上陡峻的樓梯，回到大殿。其實剛才在地下逗留的時間並不長，但我們卻覺得地上的光線照得人睜不開眼，好像到了另一個世界似的。

「聽說走完『戒壇巡迴』回到地上的人，都能獲得重生喔。」尼古拉江木向我解說著。原來如此！的確有這種感覺。

全體隊員順利回到大殿後，一起朝向返回參道的小路走去，沿途碰到一團金髮碧眼的外國觀光客，我連忙慌張地向路邊避讓。

「您可完全沒有獲得重生啊。」

不是說了嗎？不要你管！

「對了對了，江木先生，上次我們計畫要來善光寺的時候，你不是說，還得找隻牛把我們牽去才行？牛在哪裡啊？」

我在這徒步系列文章裡已拍過各種照片，若要我拉著牛繩擺姿勢，那簡直是小事一樁，因為我對動物可一點都不畏懼。

「牛啊，不在這裡。」

「牛不在善光寺，在哪裡？」

「謎底留待下面幾站再揭曉嘍。」

說完，眾人一起朝向第一晚的中津川旅店出發。

3　中津川，好地方，好多菇類！

我們今晚決定投宿在舊中山道㉓上的中津川。因為這是尼古拉江木的建議。

「大家都希望體驗一下古時旅行的滋味吧？」

從長野前往中津川這段路程的交通工具是中央本線㉔。沿途只見一山接著一山，列車一直在群山環繞中前進。

「木曾路全在山裡。」㉕這句話是百分之百的事實！

徒步小隊事先預定的旅館是中津川有名的「夜烏山莊」。這座旅館並非獨棟式大樓，而是在廣闊的庭園裡建造了許多棟農舍式小屋。看到那些小屋時，眼前不禁為之一亮。

「藁葺屋頂！」那些小屋竟是覆著藁葺屋頂的農舍。真稀奇！能住進這種旅館，好難得啊！我歡喜得手舞足蹈。

小屋的進門處是一塊三坪大小的泥地，地面並無鋪設。踏上玄關後，中央是圍爐間㉖，左右各有一個房間。若把圍爐間當成客廳，這棟小屋就等於大飯店的套房，裡面附設了好幾間寢室。每棟小屋都有專用廁所與洗手間。水管、龍頭等配件都是最新式的，廁所則採用洋式。由這一點便可看出這家旅館非常善體人意，也很理解觀光客既想懷舊又怕麻煩的心理。

浴室設在屋外另一棟建築裡。於是大伙兒拖著木屐，一路「咯咯咯」地穿過庭院去洗澡。我走進女浴室，裡邊一個人也沒有，就像被我包下了似的，洗得非常愜意。

晚餐的菜肴十分奢華，簡直可用「山珍滿席」來形容，其中最令人讚歎的，當然還是松茸，網烤和土瓶蒸兩種作法都吃到了。平日我幾乎和松茸沾不上邊，更令我啼笑皆非的是，就連我的文字處理機也把「土瓶蒸」轉換成了「土瓶蟲」㉗。真不知這究竟是什麼「蟲」？

不瞞各位，吃網烤松茸時，我們還吃到一種比松茸更昂貴更美味的菇類，叫做「老茸」，也是放在金屬網上烤著吃。聽說這種菇類由於產量少，幾乎從不拿到市場去賣。

「從前到善光寺來參拜的那些江戶人也吃了這些菇類嗎？」

「那得看個人經濟能力嘍。各種價位的菇類都有啊。」

「聽說江戶人要是把旅費花光了，就留在旅館打工賺錢，然後再繼續玩下去。」

古人在旅途上遇到急事的應變方式也是那麼悠閒。我們這些整天趕時間的現代人真的很難想像。事實上，徒步小隊今天一到旅館就忙著打電話回東京，因為還有待辦的公事必須處理。

「這次完全不用自己走路，天氣又很好，簡直就像觀光旅行。」

正在向總編輯匯報的尼古拉江木說道。的確，徒步之旅最終回竟能享受到如此待遇，我覺得自己真的好幸福！

晚餐最後端上來的是放了很多菇類的雜炊㉘。味道鮮美極了！以這家旅館的結構來看，每道菜肴當然都是由女侍分別送到各棟小屋去的，但每道菜端到眼前時都是熱呼呼的。真是了不起！做事效率太棒了。只可惜滾燙的雜炊才端來，死海文書田中就跑出去打電話，等他回來時，哎呀！好可惜，雜炊都冷了。各位讀者到中津川的旅館過夜時，一定要趁熱吃這雜炊唷。

「我們好像是來修學旅行㉙呢。」

眾人一面聊天一面準備就寢。我覺得全身舒暢，一躺下就立刻睡著了（房內有空調。好幸運，因為深夜氣溫很低）。後來聽說四個男生愈聊愈起勁，真的跟修學旅行時一樣躺在棉被裡聊到半夜。不久，白天耗費體力最多的烏龍麵土居打起瞌睡來，不知是誰對他說了一句話，老實認真的烏龍麵土居一下子驚醒過來，連忙說道：

「對不起，不小心睡著了。」

睡著也不要緊嘛。反正都躺在棉被裡了。真是的！真沒想到徒步小隊竟有整人的魔鬼訓練，對吧？

4　托福橫丁的自釀啤酒

「怎麼這次徒步之旅一點都不像徒步活動。」

第二天早晨，吃完一頓很飽又令人滿足的早餐，眾人正要精神飽滿地踏上旅途，我忍不住說道。

「根本就是觀光旅遊！雖然玩得很高興，但心裡挺羞愧的。」

尼古拉江木聽了，呵呵笑著說：

「就當成是對各位長久以來支持徒步活動的慰勞吧。」

原來是這樣！

「既然如此，就該把調到《週刊新潮》出版部的中村先生、跳槽到別家出版社的前文庫版責任編輯阿部先生都找來才對呀！還有攝影部的田村先生，我也很希望他來參加呢。」

「喔，徒步辦慶功宴的時候再說吧。下次辦活動的時候。」

原來是這麼回事。

從中津川前往伊勢神宮必須先到名古屋，然後搭乘近鐵城市線才能到達。這時我才恍然大悟，原來這次活動各點之間的距離太長，根本不能光靠步行。但我又有點擔心，說不定會有認真的讀者寫信罵我：可惡！你們這個最終回，竟搞得像介紹美食旅遊的電視節目！一路上，我不斷嘀咕著，但在名古屋車站等待換車時，我還是飽食了一頓天婦羅飯糰㉚。

眾所周知，關東和關西對食物的看法各異，這類題目也經常被人提出討論。

我個人的生長環境算是比較偏狹，從小到大幾乎從沒踏出過東京的下町一步，直到成人之前，我也從沒嘗過東北料理、關西料理等各類食物。不過我天生是個貪吃鬼，與其跟人說理爭論，我寧願先張開嘴嘗一嘗。老實說，我覺得秋田米棒鍋㉛確實好吃，蕎麥麵也數信州的最棒，大阪的大阪燒味道就是跟別處不同，還有，讚岐烏龍麵是我的最愛，博多豬骨湯拉麵也讓我吃完一碗再來一碗，反正，在吃的方面我從不講究節操。

可是啊——像我這麼好吃的人，卻有一樣食物無法消受。那就是名古屋的味噌豬排飯。

這次出門前聽說，新幹線名古屋站的月臺上有一家味噌豬排飯的味道非常好。而我們剛好過了中午才會到伊勢，所以眾人決定買兩份，大家分著吃。我一聽到這計畫，就立刻大喊：「不要！我要吃天婦羅飯糰！」真是的……名古屋這地方也真奇怪！既有天婦羅飯糰這麼好吃的東西，卻又有味噌豬排飯這麼令人難以理解的食物！

對了，說起味噌豬排飯，那味道獨特的味噌究竟是從什麼時候出現的？若有讀者知道答案，請您不吝賜教。如果江戶時代就已有這玩意兒的話，那可有趣了。那些風流時髦的江戶哥前往伊勢參拜的路上吃到這玩意兒，不知會露出什麼表情？

在現今日本全國各地的神社佛廟一致變成觀光勝地的風氣中，伊勢神宮算是「聖域」氣氛保留得最完整的地方。清澈的五十鈴川不僅讓訪客感到心情寧靜，耳目一新，也使人對那些失去的東西感到惋惜。日本各地的河川原本都是如此清澄優美啊！

「不明何原因，感動淚滿襟」——我想起西行法師㉜所寫的這首和歌，不禁點著頭表示同感。說來也很有趣，徒步小隊在善光寺裡嘰哩呱啦地像在遠足似的笑鬧不休，但在伊勢神宮參拜內宮和外宮時，眾人都被四周的靜謐震懾住了。今天也是個大晴天，來此參訪的遊客人數極多，但卻沒有善光寺那種混亂的感覺，參道上也是靜悄悄的。

兩相對照的感覺讓我覺得，即使經過長途跋涉從善光寺跑到這兒來，也是很值得的。一種感覺是對神明的尊崇，另一種感覺則是參拜神佛的樂趣。兩種感覺同時並存，我認為這對日本人來說是很重要的。除此之外，還有第三種感覺，就是前述西行法師的短歌裡所表現的感動——無法說出理由，卻激動得流下眼淚——這種感覺也是值得我們珍惜的。

今天雖是我第三次到伊勢神宮參拜，但不論何時來到這兒，我都能體會到那種「感動」。而且並不止在伊勢神宮，即使在奉祀氏神㉝的富岡八幡宮㉞，或供奉天滿大神的龜戶天滿宮㉟，甚至去年秋天才第一次到訪的太宰府天滿宮㊱，我都能感受到相同的感動。至於經常參拜的氏神，我除了感動之外，還多出一份熟悉，好像每次參拜都是向氏神打招呼：「您好，我又來嘍。」

信仰自由是人類與生俱來的權利，所有對宗教信仰的限制或規定，我都堅決反對。因為我相信只有讓人親自接觸各種宗教或教義，大家才能理解自我思考的價值。

然而，現在卻有許多年輕人對新興宗教比較感興趣，特別是那些信奉神祕主義的新宗教。我願在此奉勸年輕朋友幾句：當您決心要向某種特定宗教奉獻身心之前，請您先到善光寺或伊勢神宮等地參訪一下。請不要懷著「反正都是觀光勝地」的想法而蔑視那些地方，也不要認為「要去佛教聖地就得去印度」而冒然飛到海外，我希望您先跟自己身邊的神佛「見見面」。過去幾百年來，這些神佛始終受到無數善良人士的信仰，那些人在他們坎坷的一生裡，日子過得不如我們今天富裕，所受的基本教育程度也不高，疾病和災害很輕易就能奪走他們的性命，但神佛擁有的無邊法力卻始終支撐著他們的心靈，所以我們絕不可自以為是地小看這種力量。

神佛面前必有令人「感動」的體驗。相反的，說得極端一點，不論在哪位神佛面前，譬如氏神、住家附近的地藏菩薩或稻荷神，見到這些神佛也無法體驗絲毫「感動」的人，就算他拚命研讀經卷，最後獲得十四世達賴喇嘛召見，一切亦是枉然。我想勸這種人為了自己也為了整個世界著想，不如終生都跟「宗教」（從廣義來看，也包括民俗宗教在內）保持距離，這樣才能永保平安呢。

「既然到伊勢神宮參拜，自然少不了赤福㊲嘍。」

一路上，徒步小隊嘰哩呱啦興奮地聊著，很快就來到「托福橫丁」㊳。唷！沒想到這兒竟有自釀啤酒。所以我們大白天就開始喝酒啦！總編輯真的不會罵人嗎？

「托福橫丁」是伊勢市傾全市之力完成的建設項目，附近商店全模仿舊日形象重新改成木造建築。雖然我早已知道這件事，但卻沒想到他們做得如此徹底，並把街道外觀改造得如此賞心悅目。還沒去過伊勢的朋友！請您一定要去看看唷。「托福橫丁」是個很好玩的地方！手揑壽司㊴和炸大蝦都是絕佳美味，還有自釀啤酒和我後來吃到的抹茶脆皮夾心冰淇淋，味道都很棒。

離開「托福橫丁」後，又搭計程車（這次真的不算徒步活動）前往「伊勢神宮參拜資料館」。館內有一項展示品是模擬江戶時代伊勢神宮參拜景象做成的情境造景模型，共用了四千個和紙娃娃組成。各位讀者，請您也一定要去看看這項展品。那些展現江戶風俗的和紙娃娃都好可愛，令人看了忍不住讚歎：哇！好想帶回去當禮物喔！其中給我留下深刻印象的一組娃娃，是一群五、六人團體，其中還有純真的孩童，走在最前面的那人手裡高舉一面旗幟，上面寫著「拔參」。據說，這表示他們是瞞著老闆偷跑去伊勢參拜的商店伙計或旅館女侍。當時僅限伊勢參拜允許這種特例，主人不但不可把他們追回去，等他們從伊勢回來，主人也不可處罰他們。

更有趣的是，帶旗子的那群人居然還背著一把長柄勺。帶這東西做什麼用呢？原來是用這勺子在路上向人討錢當作路費。嗯，真不錯！我也來效法他們吧。先用唐草花紋㊵的包袱布把完稿的作品包好扛在身上，然後帶著長柄勺子去出版社參拜！要是想買中意的稿子，請您把稿費放在勺裡！

言歸正傳，接下來到哪兒去呢？——逛電玩中心！哎呀呀，這可不行！

5　夢寐以求的志摩觀光飯店和牛終於登場了

當初我們這條「善光寺加伊勢神宮路線」定案後，遊泰美夢破滅的責任編輯尼古拉江木堅決主張：「那伊勢參拜之後，我們要去住志摩觀光飯店。」

因為這段曲折的緣由，所以我們住進了這家飯店，但是當初選擇這家飯店的理由倒不是因為嚮往英虞灣㊶的落日之美，而是十分渴望嘗到這家飯店的原創料理「鮑魚排」。

飯店裡有一間寬敞華美的晚宴廳，據說山崎豐子的小說《華麗一族》一開頭的場景就是這裡。晚上七點左右，徒步小隊眾人穿著一點也不華麗的便服走進餐廳。

「吃、鮑、魚！吃鮑魚！」我像唱歌似的念著。

不瞞您說，我們從中午就開始彼此興奮相告：「晚上就要去志摩觀光飯店啦！」而且大家早已擬好作戰計畫。「鮑魚排」當然不必說，一定要吃的，另外還有一樣這家飯店的原創料理「伊勢龍蝦咖哩飯」，我們也準備大啖一番。

刺激我們作成這項計畫的麻煩製造者，是出版部的死海文書田中。今晨在夜烏山莊吃早飯的時候，他突然說了一句話：

「以前在《週刊新潮》的時候，有次我去採訪，住在志摩觀光飯店，吃到了『不預約就很難吃到』的伊勢龍蝦咖哩飯哩。啊唷！果然很好吃呢！」

哈哈哈……死海文書田中說完發出連聲大笑，其他四人的冰冷視線像箭似的一齊向他射去。

「好！」尼古拉毅然決然地點頭道，「那我們也去吃伊勢龍蝦咖哩飯。」

可是一頓飯哪能吃得了那麼多呀？我說。

「那伊勢龍蝦咖哩飯就留到第二天午飯吃！」

尼古拉江木向眾人毅然宣布，由此可見他對這件事多麼執著。不過說實話，我自己也很想吃啦。

後來因為時間有限，終究還是無緣見到伊勢龍蝦咖哩飯。但光是在志摩觀光飯店吃晚飯這件事就已讓大家樂翻了天，再加上喝了幾杯葡萄酒，酒酣耳熱之際，我們這群人興奮得難以控制。志摩觀光飯店的各位先生女士，大家一定覺得我們太聒噪了吧？在此向大家賠禮了。

話說主菜鮑魚排送到眾人面前的瞬間，一件意想不到的事情發生了。

「有件事以前沒跟各位說過。」

科巴卡巴那長谷川突然坐直身體向大家說道。

「不瞞各位，我很怕吃貝類。平常幾乎從不吃鮑魚之類的東西。」

尼古拉江木立即精神振奮地說：「啊！這樣喔。那你就別吃了，沒關係的。我們幫你吃，你不用擔心。」

話音剛落，攝影師烏龍麵土居卻開口說道：「但這是飯店有名的原創料理，不吃太可惜了。吃一口試試吧？」

對呀對呀！我也大表贊成。其實我自己平時也不太喜歡吃貝類。

「再說啊，這裡做得很特別喔。聽說以往烹調貝類料理的概念全被推翻了！」

既然如此，我就吃一口吧——說完，科巴卡巴那長谷川便吃了起來。等他放下叉子時說了一句話：「真的把所有概念都推翻啦。」

所以，全體隊員都有滋有味地把鮑魚排吃完了。尼古拉江木的悔恨簡直無法形容，直到睡著之前，他都不斷嘀咕著：「概念是不可以隨便推翻的。」

一夜無話，第二天一早，三天兩夜的「徒步吃到飽之旅」終於迎來最後一天。我們必須在下午三點趕到名古屋站去搭新幹線。

「我想參觀一下二見浦㊷。」

為了滿足我的要求，大家又坐進計程車出發了。這回旅行我們真不該叫「徒步小隊」，而該改叫「車隊」了。哎呀呀，好沒面子。

寫到這兒，容我占些篇幅寫點個人私事。（其實這徒步日記從頭到尾都在寫個人的私事。）去年平成九年，是我從事作家職業滿十週年紀念。雖然我開始出版單行本才第八年，但從「ＡＬＬ讀物推理新人獎」獲獎那年計算的話，已經滿十年了。

「不論做什麼，連續做滿十年才算出師。」這是父親經常掛在嘴邊的一句話。現在想起這句話，我真是百感交集，一方面感慨「喔！我也算是出師了」，覺得自己應該更加努力；一方面也感到驚訝，沒想到自己竟然撐了十年；另一方面，心底也有些微帶苦澀的悔恨：「十年真是眨眼即逝，我的青春呢？」（責任編輯尼古拉江木看到這一段，大概會低聲自語：「悔恨什麼呀！」）

總之，十週年也算是個里程碑，所以我打算在今年春天，帶著平日總為我操心的家人和親戚一起去旅行，而我選定的候選地點之一「志摩西班牙村」剛好就在這附近，所以一搭上計程車，我便乘機向司機打探一番。

「西班牙村就在這條路上喔。要不要繞過去看看？就算只看到大門，也能了解大致的氣氛啊。」

真是熱心的司機先生。

西班牙村之所以排進候選名單，是因為這裡有座名叫「庇里牛斯山」的最新式驚叫雲霄飛車。老實說，我跟姊姊還有她的兩個小孩，都超喜愛驚叫雲霄飛車，把它看得跟三頓飯同等重要。如果有錢有閒的話，我們還想組個團，把全日本的驚叫雲霄飛車都去坐上一遍呢。

司機把車開到西班牙村入口處停下來。我從牆外向內張望，只見雲霄飛車從軌道旋轉一圈後急速落下，再旋轉一圈後又立即拔起。

「這地方一定要來Ⓗ！」

「這裡有很多人來玩喔。」司機笑容滿面地說，「不止有西班牙村，志摩玩的地方可多了，食物也好吃。」

我們的車隊分成兩組，前面這輛車裡坐著尼古拉江木、攝影師烏龍麵土居和我，後面那輛車裡坐著科巴卡巴那長谷川和死海文書田中。車隊到達二見浦之後，眾人一齊下了車，後面那組的兩人調皮地笑著跑來告白：

「啊唷，宮部小姐那輛車剛才開到西班牙村旁邊去了，對吧？我們都嚇出一身冷汗，搞不清你們要去幹嘛。」科巴卡巴那長谷川說。

「咦？為什麼呢？」

「我們以為您改變主意，要到西班牙村去玩呢。」死海文書田中說。

「嗯，那也挺有趣的。不過我還想去二見浦啊。怎麼？你們不喜歡西班牙村？」

「這個嘛……」

「我們兩個……」

原來他們倆都對雲霄飛車怕得要死。

尼古拉江木後來也聽說了這件事。「什麼!早知如此,一定要把西班牙村排進行程。」
據說這就是尼古拉江木的回答。嗯!說得對!
自然或許並沒任何企圖,但它確實經常製造一些令人震驚的奇異景象。二見浦的夫婦岩當然也是其中之一。
萬里無雲的藍天下,海面波濤微興。陣陣海風吹拂之下,我一面走過岸邊道路一面嘀咕著:今天可真冷啊!走到半路,我撿到一樣東西。這東西可能原本在海中載沉載浮地漂流過一段時間,後來不知是誰撿起後便隨意靠在岩石的背後。我看到「那個東西」時,它正孤零零地站在道路右邊的一塊圓形岩石上,看來就像一直在那兒等著我似的。
大家猜猜看,我撿到的是什麼呢?請各位享受一下推理的樂趣吧❶。我可以在這兒給您一點提示:這東西掉進海裡也不會壞掉。帶回東京後,我把它洗淨晾乾了。還有,它現在放在我房間裡當作裝飾。
我覺得「那個東西」是二見浦送給我的精美禮物。後來徒步小隊其他幾位隊員看我撿到了禮物,也都想起家人而紛紛跑去買禮物。我猜他們都很想帶家人來看看夫婦岩吧。
從二見浦坐車離去時,時間已近正午。
「我說啊,江木先生,這次托你的福玩得好高興,可是直到最後,那牛也沒出現呀?」

尼古拉江木大笑著說：「那牛啊，等下就要出來啦。」

「等下？在哪？」

「宮部小姐，您想想看我們現在正在哪裡？不，您說我們現在離哪裡很近？」

我向來不善推敲邏輯性推理題，但這時腦中卻靈光乍現，因為答案跟食物有關嘛。

「這樣啊——松阪！」

「對啦！」

於是，大伙兒齊向松阪出發。那裡的牛肉涮涮鍋真的真的太好吃了。哇！味道鮮美得令我簡直無顏多做介紹。

今天大伙兒確確實實地飽餐了一頓。

徒步日記最終回弄得像美食旅遊似的結束了，我心裡感到萬分愧疚（真的！），因為我既不知性又無美貌，還缺少文化修養，唯一值得自傲的，就只有誠實。而掛羊頭賣狗肉的行為肯定讓作家短命的！（喂！此話當真？）

走筆至此，我要向讀者宣布一個消息，徒步日記系列活動當初由我發起，現在暫時要向讀者說再見了。不過「徒步」的旅遊方式並不會消失，以後只要找到值得「徒步」的地點或路線，我們將本著游擊隊精神立即踏上徒步之旅。詳細內容將在《小說新潮》上向大家報告。此外，如有其他作家也想嘗試一下徒步之旅的話，我們也歡迎貴賓一起活動。

這次走完「戒壇巡迴」路線的我雖沒獲得重生，但在善光寺參道的土產店裡卻買到一幅含意極美的「箴言」。那是一塊印著「箴言」的手巾。內容如下：

日常五心

一、說「是」的坦誠之心（不拒絕別人邀稿之意）。
二、說「對不起」的反省之心（截稿時間過了也不找藉口之意）。
三、說「我來做」的奉獻之心（高高興興地替人寫代打原稿之意）。
四、說「托您福」的謙虛之心（進了書店不等別人吩咐就主動幫忙打掃之意）。
五、說「謝謝」的感謝之心（自己能出書全托出版社的福，所以版稅縮水也不發火之意）。

很美的意境吧？從今天起，這幾句箴言就是徒步小隊的共同口號。若不能確實執行，就要小心尼古拉江木手裡的鞭子嘍——讀者請勿當真，我是開玩笑的。

但最後這句話絕無玩笑之意：多謝各位讀者對徒步日記的愛護，在此由衷向您表示謝意。

注釋、解說、後記

Ⓐ不景氣：泡沫經濟破滅後，景氣始終無法復甦，據說這次的不景氣已持續四年以上。想起來就覺得全身發冷，哆嗦哆嗦……

Ⓑ公共稅收：平成九年四月起，消費稅率從百分之三上漲到百分之五，接著，電力、瓦斯、電話等收費及鐵路交通費全都漲價了。

Ⓒ新型流感：在香港發現的A型流行性感冒。順便值得一提的是，香港在前一年七月從英國手中交還給中國。

Ⓓ暖冬少雪：我在後文中也提到，這一年在長野舉辦了冬季奧運。長野是冬季奧運史上位處最南方的主辦城市。所幸開幕典禮一切順利，閉幕典禮也圓滿結束。

Ⓔ山田長政：十七世紀初搭乘朱印船㊸前往暹邏，在當地擔任日本人町的首領，促進日本與暹邏之間的貿易，並率領日本人幫助暹邏平定內亂，征討國外，建立武功。

Ⓕ異國船擊退令：一八二五年，德川幕府對諸大名頒布此令，除清國與荷蘭以外的外國船須全部擊退。

Ⓖ龍頭老大：順便再說一件趣事。徒步日記最終回的第七回刊出時，多謝《小說新潮》為我製作了小型特刊，就連事務所各位同仁也共同參與了特刊的製作，工作結束後，全體人員開了一個簡單的慶功宴，席間，我和大澤先生一直在聊電玩遊戲《惡靈古堡2》。坐在一旁的《小說新潮》編輯部諸位朋友都在互相詢問：真的那麼好玩？後來大伙兒居然也去買了Play Station……不過《惡靈古堡2》的確很刺激。卡普空公司，感謝你們經常發表新作！我非常期待《龍戰士IV》唷。快讓我玩玩看吧。

Ⓗ西班牙村：平成十年四月，西班牙村之行終於實現了。那地方真的好棒！好玩的遊樂場，舒適的旅館，美味的食物，極力向您推薦！關東附近的讀者或許覺得距離有點遠，不過可以順便去一趟伊勢參拜，一定要來玩一趟喔。那個驚叫雲霄飛車「庇里牛斯山」，我坐了八次，好過癮！

Ⓘ那個東西：各位讀者玩推理猜謎玩得很愉快吧？「那個東西」究竟是什麼呢？讓我再給各位一個提示吧。那是個摸起來很柔軟的東西。

譯注

①「不要」的日文發音Iya，跟「雅」發音相似。

②異人：異邦人的同義詞，對外國人的古老稱呼，專指西洋人。
③Igin：跟異人的發音「Ijin」相近。
④杉浦日向子（1958–2005）：江戶風俗研究家，也是漫畫家、作家。本名鈴木順子。
⑤大山參拜：大山位於神奈川縣，由於山形秀麗，自古就是庶民山岳崇拜的對象。江戶庶民將大山參拜視為一種旅遊活動，通常也順便到附近的江之島去遊覽一番。
⑥弁天女神：也叫弁才天，起源於佛教的守護神，傳入日本後變成神佛混合體的神仙，也是七福神當中唯一的女神。
⑦金比羅宮：位於四國香川縣象頭山，宮內供奉的象頭山金比羅大神是專司海上交通的守護神。
⑧神佛混淆：也叫「神佛習合」，指土著信仰與佛教信仰折衷並重新構築形成的新信仰。一般專指日本的神道與佛教之間發生的現象。
⑨長野冬季奧運會：第十八屆冬季奧運會於一九九八年二月七日至二月二十二日在長野市及郊區會場舉行。
⑩參道：寺廟或神社大門通往正殿的道路。
⑪信州：古代信濃國的別稱，即現在的長野縣。
⑫燒餅：類似韭菜盒子的一種日本麵食，外皮以小麥、蕎麥製成，內餡有豆沙和素菜兩種。
⑬民間信仰：一般指鄉土社會中植根於傳統文化，經過歷史焠鍊並延續至今的信仰和崇拜，內容包括：神明、鬼魂、祖先、聖賢及天象等。
⑭被牛牽進善光寺：一天，一位住在善光寺附近的老婆婆正在晒布，突然一隻牛跑來，用牛角勾著那塊布跑走了。老婆婆想把布追回來，跟在牛的身後一路追到善光寺的金堂前面。這時太陽已經下山，牛也不見了，老婆婆看到那塊布掉在觀世音菩薩像的腳邊。這才明白菩薩化為牛身來點化她，並開啟她的佛心與善心。
⑮《善光寺緣起》：有關善光寺內本尊佛像來歷的神話集。
⑯一光三尊阿彌陀如來：善光寺供奉的本尊佛像。「三尊」指三位菩薩：正中間的阿彌陀如來，右側的觀音菩薩，左側的勢至菩薩。所謂「一光」是指三位菩薩同被一道光圈包圍。一光三尊阿彌陀如來是絕對密佛，即永遠不對外公開。
⑰欽明天皇：第二十九代天皇，在位時間為西元五三九年至西元五七一年。
⑱難波：大阪的古稱。

⑲信濃國人士：西元六〇二年（椎古天皇的時代），住在信州的本田善光在難波的堀江發現佛像後，先帶回家放在家中供奉。後來，皇極天皇在六二九年命令將佛像遷到長野市的寺內，善光寺的命名也由此而來。
⑳廚子：存放佛像、牌位、教典的木櫥。
㉑一把鎖：據說這把鎖叫做「極樂鎖」，摸到鎖的人便跟菩薩作成約定，將來菩薩一定會來把此人引往極樂世界。
㉒坂東真砂子（1958–）：日本作家，作品主題大多與「死」或「性」有關。《狗神》是她一九九三年發表的作品，二〇〇三年拍成電影。
㉓舊中山道：江戶時代的五街道之一，也叫中仙道，從江戶經內陸通往京都的道路，起點為日本橋，終點是京都三条大橋，沿途共有六十九個驛站，稱為中山道六十九次。從草津至三条大橋的路段跟東海道共用。
㉔中央本線：連結東京站至名古屋站的鐵路，東京站至鹽尻站的路段歸「JR東日本」經營，鹽尻站至名古屋站的路段歸「JR東海」經營。鹽尻站則屬於「JR東日本」管轄範圍。
㉕木曾路：「木曾街道」的別名，中山道的一部分，指木曾川沿岸從贄川（今長野縣鹽尻市）至馬籠（今岐阜縣中津川市）這段路，共有十一個驛站。「木曾路全在山裡」為日本作家島崎藤村（1872–1943）的小說《拂曉前》第一部第一章開頭第一句話。
㉖圍爐間：傳統的日式房屋在地板上用木條隔出四方形的「圍爐」，爐中鋪滿炭灰，並在灰上燃火，主要目的為取暖或烹煮食物。設有圍爐的房間叫做圍爐間。
㉗土瓶蟲：日文的「蟲」和「蒸」的發音都是mushi。
㉘雜炊：菜湯泡飯。
㉙修學旅行：小學、中學、高中等校方主辦的團體教學活動，以參觀或研習為目的，由教職員帶領至離家相當距離的地點住宿一夜至數夜的旅行，也有些學校與畢業旅行合併實施。
㉚天婦羅飯糰：名古屋特產，油炸小蝦放在海苔包捲的飯糰上。
㉛秋田米棒鍋：秋田縣的鄉土料理，將梗米飯磨碎後裹在杉木的小棒上烤熟。吃的時候將米棒從棍上取下煮湯，或塗味噌後烤食。
㉜西行法師（1118–1190）：平安時代末期至鎌倉時代初期的武士、僧侶、歌人。俗名佐藤義清，西行是他出家後的法號之一。
㉝氏神：同氏族、同部落或住在同地域的人所供奉的神

道之神，也是這些氏族、部落或地域的守護神。

㉞富岡八幡宮：也叫「深川八幡」，是東京最大的八幡神社。八幡神是日本的神祇，自古就是日本皇室的祖神，而源自皇室的源氏也奉八幡神為氏神，由於開創鎌倉時代的源賴朝就任幕府將軍，八幡神又變成武運之神。

㉟龜戶天滿宮：位於東京江東區龜戶的天滿宮。天滿宮是奉祀菅原道真的神社。菅原道真是平安時代的貴族、政治家、學者，後因受人陷害而鬱悶以終。菅原道真去世後，平安京發生數次天災，後人為安撫他的憤怒而將他尊為天滿神。

㊱太宰府天滿宮：位於福岡市太宰府的天滿宮。與北野天滿宮、防府天滿宮殿並稱日本三大天神。原為右大臣的菅原道真被左遷到太宰府擔任副司令，兩年後便在此去世。

㊲赤福：也叫赤福餅。一種以糯米皮包裹豆沙餡的日式點心，這類點心原叫大福餅。赤福餅的外皮為紅豆色。

㊳托福橫丁：位於伊勢神宮內宮前的一片商店區，占地約兩千七百坪，一九九三年興建完成，區內重現江戶末期至明治初期的街景，遊客可在洋溢舊日參拜的熱鬧氣氛中享受美食與購物的樂趣。

㊴手捏壽司：醬油等調味料浸泡過的海鮮（主要是鮪魚或鰹魚）撒在醋飯上，也可按照個人喜好加入紫蘇、生薑、海苔。原本是漁夫忙於捕魚時想出來的吃法，因直接徒手把海鮮拌在飯裡，再抓起來放進嘴裡，所以叫「手捏壽司」。

㊵唐草花紋：也叫蔦蘿花紋，由複數的波浪型曲線組成，象徵蔦蘿藤纏繞狀。唐草花紋包袱布通常是綠底白線。

㊶英虞灣：位於三重縣志摩半島南部的海灣。

㊷二見浦：三重縣伊勢市二見町的海岸，據說日本神話裡的女神驚嘆此處風景優美，兩次回頭觀賞，所以叫做二見浦。海岸東側海中有大小兩塊岩石，分別叫做男岩、女岩。兩岩之間有繩索相連，稱為「夫婦岩」。

㊸朱印船：十六世紀後期幕府時代，得到政府海外貿易特許的船隻。因為這些船隻都持有幕府發出的「朱印狀」，故稱之為「朱印船」。

以下收錄的兩篇散文是在「徒步日記」企畫成立之前所寫。值得一提的是，其中的〈劍客生涯《浮沉》的深川散步〉，可說是徒步日記的起點。美國的電視連續劇《藍色月光偵探社》（好古老啊！），或是最近的《X檔案》等，通常在正式投入攝影前先放映「特別篇」以測試觀眾反應。所以從構想來看，這篇文章也就相當於電視劇的「特別篇」。本書第一回也曾提到，那篇深川散步的文章很意外地獲得讀者的好評，我個人也覺得撰寫這類文章既有趣又能藉機學習，於是「徒步」企畫便由此誕生。

平成五年三月十七日

劍客生涯《浮沉》的深川散步

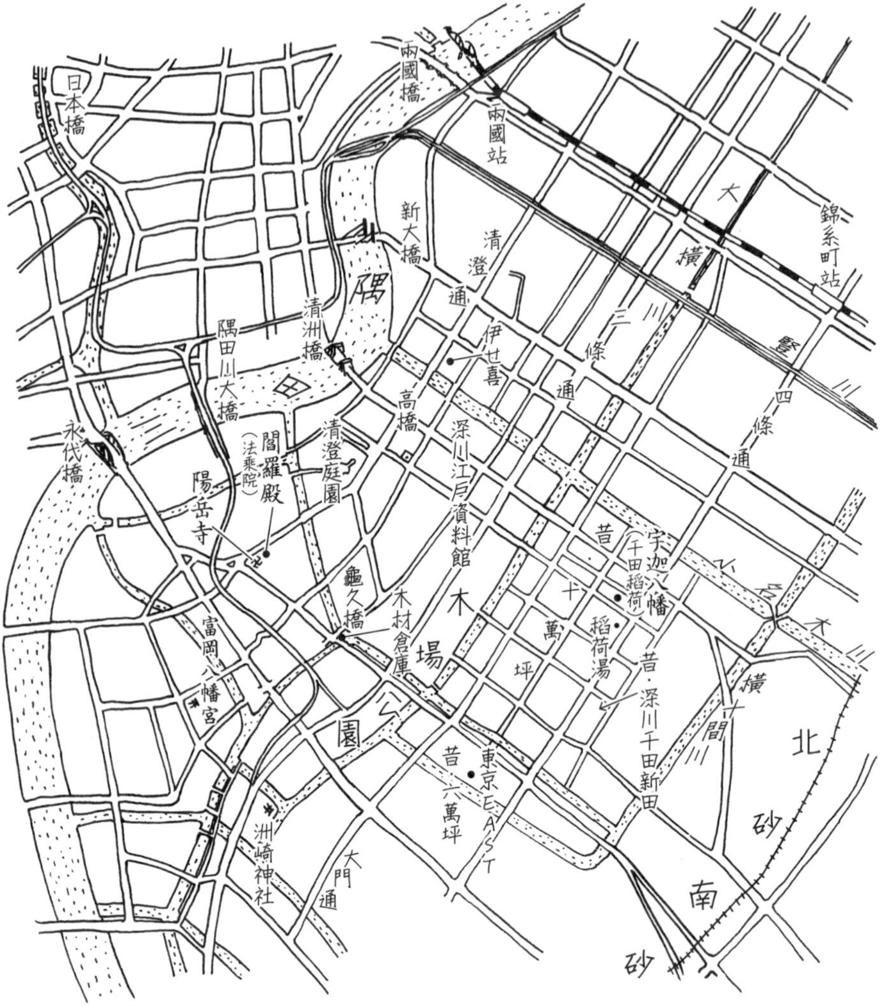
日本橋
兩國橋
兩國站
新大橋
清澄通
大橫川
錦糸町站
隅
清洲橋
隅田川大橋
三條通
豎川
四條通
伊せ喜
高橋
永代橋
清澄庭園
閻羅殿（法乘院）
陽岳寺
深川江戶資料館
昔宇迦八幡（千田稻荷）
小名木川
龜久橋
木材倉庫
木場
十萬坪
稻荷湯
富岡八幡宮
橫十間川
昔・深川千田新田
公園
北砂
昔東京六萬坪
EAST
洲崎神社
大門通
南砂

二月上旬，時序已是春季，有人邀我進行一項寫作企畫，內容是按照池波正太郎先生的小說「劍客生涯」①系列最後一冊《浮沉》裡的路線，到深川附近漫遊一番，同時也品嘗一下深川飯、泥鰍鍋。聽到如此誘人的企畫，向來當仁不讓的我哪肯說「不」?再加上平日又很好吃，所以我二話不說，當場應允下來。

「說起深川，那可是我的地盤。包在我身上了！」

我挺起薄薄的胸膛不斷打著包票，又在月曆上畫上記號，興奮無比地等待了一個月，好不容易盼到三月十七日正午，天氣晴朗，我和《小說新潮》總編輯校條先生、攝影部的田村先生、新來的責任編輯江木先生等四人懷著無比振奮的心情踏出深川漫遊的第一步。江木先生是今年春季人事調動時才從《週刊新潮》調來《小說新潮》當我的責任編輯。下面這篇文章裡，我將向讀者簡單介紹《浮沉》充滿魅力的故事背景，同時也把這次漫遊途中發生的一切鉅細靡遺地記錄下來。讀完下面幾頁文字，您將得到許多情報：宮部美幸的「地盤」宣言其實都在吹牛；新任總編輯校條先生不為其他作家所知的一面；整天笑咪咪又好脾氣的攝影師田村先生把隨處皆是的平凡景色包裝成「照片」的祕密；新任責任編輯江木先生有個既低調又稀奇的嗜好等等等等，震撼人心的事實即將前仆後繼源源不斷地出現在大家眼前，敬請各位做好心理準備再開始閱讀本文。

哎呀，那真是令人愉快的半天！

抽支「中吉」籤踏出旅程第一步

讓我們言歸正傳吧。

「劍客生涯」是池波先生創作的時代小說系列傑作，這套作品早已擁有無數讀者的愛戴，自不必我在此多加介紹，然而，才疏學淺的我從來都不知道，該系列作品中有一集的主要舞臺竟是我出生成長的深川。這集小說《浮沉》是以一幕回憶場景拉開序幕：故事主角秋山父子中的父親，也就是秋山小兵衛，他正在回想二十六年前的往事。那年，四十歲的他前往深川十萬坪千田稻荷神社後面那片草原去當決鬥證人。小兵衛當時陪伴的年輕人是一位名師的門人，叫做瀧久藏。此人是去為父親報仇的。後來在打鬥中，小兵衛也跟對方的助手打了起來，那人名叫山崎勘介，是一名武士，小兵衛差點被他的氣魄與劍術擊倒，幸而最終險勝。

這段文字雖是小兵衛追憶往事，但一開頭的決鬥場面就氣氛緊迫，像要把讀者用力拽進小說似的。所以我們這次深川漫遊的路線決定從決鬥地點的千田稻荷作為起點，然後再依序探訪小說裡提到的地點與建築。

踏上旅程之前，眾人在門前仲町富岡八幡宮的院內集合，一齊低頭默禱，祈禱今天一路豐收。參拜完畢，又抽了一籤。我抽到的是「中吉」，大伙兒都很高興，因為此籤象徵前景美好，總比「大吉」之後樂極生悲好多了。

從富岡八幡宮走到我出生的老家「千石」，只有三十分鐘左右的路程。《浮沉》裡的決鬥場景所設定的時間是在寶曆八年（西元一七五八年），當時那裡可能什麼都沒有，只是一塊濕漉漉的平原。究竟我的祖先是從什麼時候起來這兒定居的？我不太清楚，但我是祖先在這兒定居後的第四代，這一點是不會錯的。

除了《浮沉》之外，每當讀到其他以深川為舞臺的時代小說，我心底總會升起一個疑問：「祖先當初搬到這單調無趣的新生地來定居，他們究竟是靠什麼餬口？」前面提到我是第四代，這是指家母那邊的祖先算起，而家父這邊的祖先則定居在砂村，這地方位於深川的東邊，現在叫做砂町，不論深川或砂町，兩地的情況其實半斤八兩。時代考證的書中都把本所或深川描寫成鄙俗邪惡的地方，不是哪個小腿帶傷的傢伙逃到這兒藏身，就是某武士家下屋敷②的佣人房裡暗中經營賭場，要不然就是日本橋附近某大店家的女兒來過深川之後就再也嫁不出去……反正從沒把這裡描寫成好地方。根據我的推測，這裡大概就是相當於紐約布魯克林區✻的地方吧。不過我的祖先到底在這種地方從事什麼職業為生呢？

「應該都是窮人吧。」這是家母對祖先的認識。雖然「窮人」並不是一種職業，我卻不敢對母親說「不對」。但儘管心裡不敢反駁，嘴裡還是忍不住向母親反問：

「或許，也可能在木場的木材批發店當個小主管什麼的？」

母親不加思索地答道：

「就算是，也早就因為嫖賭而被老闆趕出去了吧。」

母親深知自己的父親（也就是我的外公）是當地大名鼎鼎又稀世罕見的浪子，她對自己的血緣出身從沒抱過一絲半毫的幻想。

但是當我向父親提出同樣的疑問時，父親的想法卻十分浪漫：「像我們這種沒受過教育的人家，也突然蹦出你這樣的小說家，可見我家祖先裡也有過偉人。」可是，爸，我心想，我雖是小說家，卻一點也不偉大呀。

「那祖先裡也有大富翁嘍。」

「說不定喔。」父親自信地說，「幕府末期，我們家不是出了一個叫做矢部駿河守的町奉行③？」

「就是那個被鳥居耀藏④陷害的人？」

「對呀對呀。我告訴你，那就是我們家祖先啦。」

我才不信呢。只是姓氏相同而已吧（我本來的姓氏是矢部）。

姑且不論父親充滿自我期待的觀點是好是壞，但我想祖先當初之所以定居於此，肯定是因為他們比御府內⑤的居民更堅韌、更強悍，御府內從江戶早期就採行町官員制，確實施行行政管理，所以治安向來比較良好。我的祖先雖然口袋裡沒錢，卻擁有堅忍不拔的毅力。聽說東京大空襲的時候，父親全家九人都毫髮未傷地活了下來，外公更在空襲後立即扛著木棍到燒毀的原野上打樁立柱，圈起自家的土地。這些祖先的軼事傳入耳中時，我忍不住滿懷自信地連連點頭讚歎：我家祖先真的好強悍哪！

話題扯遠了。話說我們在富岡八幡宮參拜完畢，忽在隔鄰深川不動堂的商店街上看到一面寫著「深川飯」的旗幟，眾人決定先解決午餐問題，於是匆匆拉開飯店的木門。

深川飯是一種作法簡陋的蓋飯，只把蘿蔔絲、碎蔥和剝好的花蛤肉丟進鍋中煮湯，然後把湯澆在熱飯上食用。我家也常做這道食物，但我家在湯裡還加入少許醬油、味醂、砂糖，味道十分鮮美。《浮沉》裡的秋山父子沒吃過這深川飯，但「仕掛人梅安」⑥系列裡出現過梅安和彥吃深川飯的鏡頭，他們是先把鍋裡的蘿蔔絲和花蛤肉當下酒菜，喝完酒之後才把湯澆在飯上食用。

今天這家小食堂裡吃到的深川飯口味比較濃（我個人感覺味道似乎太甜），而且湯裡還有切成小塊的油炸豆腐，令人覺得有點莫名其妙。

「原本就是這種作法嗎？」聽到總編輯的疑問，我不禁歪頭表示疑惑。

「我家放的花蛤比較多。」

「不出所料。」

所謂的名產一旦廣為流傳之後，都會變成這樣吧。

木場碩果僅存的堆木場

吃完這頓不盡人意的午飯後，大伙兒想找家能攤開地圖慢慢研究的餐廳，因為我們必須先搞定今天的漫遊路線。眾人轉身走向河邊，結果在永代通上看到一家「義大利番茄」連鎖餐廳⑦，便走了進去。走筆至此，我又想起十幾年前的往事，當時「『義大利番茄』要到門前仲町來開店了！」的消息傳入耳中，大家不免懷抱極大的期待，都以為門前仲町終於要變成現代都市了。因為連「義大利番茄」都肯到這裡來開店了嘛！

誰知餐廳開業之後，眾人都跌破了眼鏡，原來門前仲町並沒被「義大利番茄」同化，反倒是「義大利番茄」被門前仲町同化了。由此也可見下町的同化力多麼強韌！（現在「鹿島建設」又在豐住橋旁大膽建起一座巨型新城「東京ＥＡＳＴ」，或許有人會罵我多事，但我還是很擔心它會跟「義大利番茄」落得同樣下場。）

我們四人把古地圖攤在大型餐桌上，一面翻閱《浮沉》和池波先生所寫的《昔日美味》、《劍客生涯菜刀曆》等書，一面探討如何安排下午的路線，最後決定採納田村先生的提議，先去木場探尋目前仍保持舊日風貌的景色，然後再到洲崎神社參觀。

「《深川江戶散步》⑧裡面登了這樣的風景唷。」

我朝翻開的書頁望去，果然有一幅標注著「城河沿岸的木材批發商　木場」的照片。照片裡有一座古老的木造建築，許多木材搭靠在屋外的牆邊。

「木場的木材店差不多都搬到新木場去啦。我覺得這附近已經沒有這種建築了。因為從來都沒看過嘛。」我很自信地告訴大家，因為我真的從來沒看過呀。

「如此說來，只能搭計程車到新木場去瞧瞧嘍。」

總編輯一聲令下，眾人出了餐廳，搭上一輛剛好路過的計程車，並拿出剛才的照片向司機詢問：「您有沒有看過像這樣的地方？」

沒想到司機立即答道：「有啊！還有喔。就在這附近。」

聽到這句話之前，我一直趾高氣昂地露出「我是當地人」的表情，一聽這話，我不免大驚。

「啊？真的嗎？」

「有啦。我是當地人。對這兒清楚得很啦。」

後來聊起來才知道，司機竟是我中學的學長，高中也跟大我兩歲的姊姊同校（叫做深川高中）。

哇，我們真的是同類喔！

司機一面嘀咕著：「大概就是這裡吧……」一面開車在路上繞來繞去，不一會兒，他就嚷起來：「啊！這裡！這裡！」原來那地方就在富岡八幡宮後面，也就是冬木町的運河邊。

「居然還有……」我目瞪口呆，說不出話來。

不過我還是想解釋一下（好卑鄙唷），這附近的景色是很容易被我們當地人忽略的。因為我們早就見怪不怪了。不過照片這東西可真神奇，如果有心在取景上下點工夫，一間藏在高樓公寓間的古老木材店確實也可照成一張充滿下町風味的圖片。

「照片是很會騙人的。」田村先生笑著說。說完，便把書頁上那間木材店，還有面帶複雜微笑的我，都裝進了他的相機裡。或許這張照片也能變成一張「發深川之幽情」的圖片吧。

我們在「當地人」司機帶領下繼續朝向洲崎神社前進。這附近從前是岡場所⑨，有些地名令人憶起昔日的景象。譬如「大門通」，就是通往洲崎⑩紅燈區大門的道路。

眾人正在神社小院裡隨意閒逛時，我發現新任責任編輯江木先生手裡抓著《週刊新潮》內部專用便條紙正在做筆記。

「您寫些什麼？」

「沒有啦。沒什麼。」

那掩飾的動作更加引人懷疑。快讓我瞧瞧，說著，我才看到他正把神社殿宇上的紋飾描在紙上。

「您在研究這玩意啊？」

「談不上研究啦。只是喜歡而已。我本來是專門研究西洋紋飾的。」他很不好意思地說，「如果再研究十年，我就能成為這一行的翹楚……」

「好厲害喔！」

「不瞞您說，因為專門研究這玩意的，總共也只有三人。」
那肯定能得第一啦。原來如此。

決鬥現場找到啦！

面積小巧的洲崎神社瀰漫著一種獨特的特種營業氣息，離開洲崎神社後，我們的下一站是千田稻荷，也就是《浮沉》開頭的決鬥地點。好吧！現在我們要去當決鬥證人嘍。
千田這地名留存至今，除了有個町名叫做千田町，還有個都營巴士站也叫做千田町。更巧的是，從前我在公司上班的那十年之間，每天上下班都是在這個車站搭公車。
所以當我聽到總編輯問：「有個地名叫千田町，那裡有沒有稻荷神社？」我這回真的是充滿自信地答道：
「沒有！從沒看過。千田町沒有稻荷神社。」
「真的沒有？」
「對，沒有。」
但剛才木材店發生的那一幕已讓我失去了自信，所以主動向總編輯表示：「為了謹慎，我還是打電話回家問問家母吧。」結果，母親在電話裡也說：

「千田稻荷？沒聽過唷。那附近沒有稻荷神社啦。」

聽母親這麼說，我這才鬆了口氣。又問母親：

「對吧？沒有吧。可是古地圖上有喔。」

「戰爭的時候燒掉了吧。」

「對了對了，一定就是這樣。」

打完電話，我精神振奮地走回車前，這時剛好聽到「當地人」司機也歪著腦袋說：「千田稻荷，我可沒聽過。」這下我完全放心了。

「我去附近人家問一下吧。」

司機似乎有點不信邪，說完，便朝附近的商店走去打聽。我們四人悠閒地站在陽光下四處張望。

「這裡好幽靜啊。」總編輯說。

「都沒有高樓。」田村先生說。

「真想搬到這兒來住呢。」江木先生說。

「對吧？這地方不錯吧？」我愉快地說。老實說，我現在的工作室設在葛飾區，因為想以有限的租金租用相當的面積。但今天這趟漫遊之旅卻讓我生出歸鄉之情。何不重新回到深川來呢？

……我正兀自思索。

這時，司機滿臉喜氣地走回來，並且用力揮著手臂嚷道：

「就在這棟建築的後面，聽說就在旁邊。」

我忍不住又想大叫一聲：「不會吧！」

順著司機手指方向望去，那位置的確是有一間神社。但名字叫做「宇迦八幡」，而且院內還有滑梯、鞦韆等玩具。以前因為朋友住在這附近，所以我上小學的時候經常到這兒來玩耍。神社旁還有一間錢湯叫做「稻荷湯」，因為他們的公休日跟別家錢湯不同，所以我經常到這兒來洗澡。總之，我家緊鄰神社，站在神社院內用擴音器大喊一聲「媽—啊」，母親在家裡就能聽得一清二楚。所以這地方真的是我地盤裡的地盤。

「呃……但那是宇迦八幡唷。不是千田稻荷啦。不是的！絕對不是！」

其他三人和司機看我否定得如此堅決，也都露出疑惑的表情。待我們走進神社庭院裡，視線所及處也只看到「宇迦八幡」的名稱。

「這裡雖然也是深川的一部分，但只有這裡的人不算富岡八幡宮的氏子⑪喔。他們都是自己另辦祭典，而且也有很壯觀的神轎呢。」

「原來是這樣。」

眾人在院內閒逛拍照時，我仍然再三強調這裡是宇迦八幡，而不是千田稻荷。「這點我是很有自信的。我從小時候起就在這兒玩嘛。」

所以那個千田稻荷大概已經沒有了吧……我正在和田村、江木兩位先生互相討論，遠處傳來總編輯的呼喚聲。

「喔！那邊好像找到了什麼。」

轉頭望去，只見校條總編輯站在神社的入口處。他的身邊有一塊嶄新的石碑。

大伙兒跟在田村先生後面一起跑過去，總編輯則不斷勾起一隻手指招呼我們快去，他臉上的表情就像貓兒吃到了柴魚乾。待我們跑到面前，總編輯對大家宣布道：

「這裡寫著呢！」

他那手指所指的石碑上，清晰確實地刻著千田稻荷從昭和年代之後更名為宇迦八幡的由來與經過。

「名稱已經……」

「原來已經改變了。」

「哎唷，不愧是總編輯啊。」

「居然被您找到了。」

田村和江木兩位先生連聲表示讚佩，我只能呆呆地站在一邊。宇迦八幡就是千田稻荷！從小到大都在這神社院內玩耍的我，對它的來歷竟然一無所知！

「其實現在回想起來，」我在心中低聲嘆息，「八幡宮旁的錢湯叫做稻荷湯，這就是一件怪事。我早該心中存疑才對……」

可是，從來都沒人提醒過我啊。

「換句話說，當年小兵衛士和山崎勘介就是在這座神社後面的草原上決鬥嘍。」

其他三人正沉浸在《浮沉》的世界裡，站在一旁的我卻在腦中盤算著：既然我這地頭蛇已無法在地盤上繼續混下去了，還不如就此拋下武器隱居鄉野吧。

當地人居然對當地一無所知，我真的好沒面子。

下町美食撐飽肚皮

在千田稻荷發現了驚人的事實後，大伙兒重新轉回門前仲町，繼續朝向陽岳寺前進。因為《浮沉》裡有這麼一段情節：小兵衛乘坐妻子阿春所划的小船來到深川龜久橋北端的「万屋」。在這家蕎麥麵店裡，他發現了二十六年不見的同門師兄瀧久藏，於是他偷偷地跟蹤其後，看到瀧久藏走進了陽岳寺。因此，陽岳寺在小說《浮沉》裡是一處至關緊要的地方。

現在的陽岳寺已成為一座禪寺，閒雜人等一概不准入內。《浮沉》裡描寫這附近運河縱橫，小船在河上往來穿梭，但現在已看不到這種景象，放眼所及，只能看到川流不息的車輛在清澄通上來回奔馳，道路四周盡是大大小小的高樓與公寓。

「這裡已找不到舊日的風貌了。」

我們匆匆離開陽岳寺，決定步行前往十分鐘路程外的「深川江戶資料館」。走到半途，路上剛好有一座閻羅殿，眾人便一起進去瞧瞧，我還獻了一枝蠟燭。今天因為是上班日，殿內看不到其他人影。我們幾個走進陰暗的殿堂，來到閻王面前，心中不由得升起莫名的恐懼。

「只要把香油錢丟進去，就能聽到閻王的訓誡喔。」

擺在閻王面前的香油錢箱很特別，箱上豎著十幾個牌子，上面分別寫著「闔府平安」、「交通安全」、「祈求良緣」、「趕走怨敵」等，只要按照標籤牌把香油錢投進去，就能聽到閻王配合標籤發出訓誡。也就是說，這是一位全自動的閻羅王。

「挺有趣的。來試試看吧。」

香油錢投入之後，閻王身後的背景燈光亮起來，接著，便聽到閻王大聲念出佛祖的訓誡。大伙兒覺得有趣極了，每人都連聽了兩三條訓誡。您問我選了哪些標籤嗎？一是「生意興隆」，一是「祈求除厄」——另外一個，當然是「祈求良緣」啦。

眾人都選完之後，總編輯一面說「這個不知如何？」一面把錢丟進「交通安全」的標籤下，誰知卻毫無反應，燈光沒亮，訓誡聲也沒響。

「哇！觸楣頭。」

「不，連閻王都不管的話，反而不用害怕了，不是嗎？」

「校條先生，您最好暫時別開車了。」

眾人口無遮攔地胡亂發表著意見，總編輯決定重新挑戰，只見他呵口氣，把錢丟進香油錢箱，還好，這次燈光總算亮了。大家一起聆聽了訓誡，便匆匆趕往下一站。

「深川江戶資料館」現在已是著名的觀光景點，每到星期天，許多觀光巴士便一窩蜂地擁向這裡，也因此，附近街道現在都整修得十分美觀，許多岔路小徑上也豎起專為觀光客準備的路標。我覺得這些改變對深川來說都是好事。

從資料館走向泥鰍鍋「伊勢喜」的途中，有條很小的運河也已架設了渡橋。眾人走上小橋，從高處俯瞰河水，水面似已染上早春的暖意，又似乎依然冰冷。

「小名木川堤防現在整修得很美觀，路邊還種滿了櫻花路樹。」

「仙台堀也填滿了，建造得像一座水上公園。那裡的櫻花也很好看。」

我一面走一面向眾人介紹，心裡愈來愈對自己的家鄉感到自豪。深川畢竟是個好地方啊！到了「伊勢喜」之後，《小說新潮》的葛岡先生也趕來相聚，他是我的前任責任編輯。眾人圍著滿桌的柳川鍋、烤鰻魚，還有放了大把蔥花的泥鰍鍋等，大伙兒又重頭回顧今天的沿途風景。對美食很有研究的池波先生似乎不太喜歡泥鰍，他的作品裡從沒提到泥鰍。但我在池波先生的《昔日美味》書裡卻找到一道菜肴，雖不能跟泥鰍相比，但這道「大碗高麗菜」卻是我孩童時代常吃的家常菜，所以在書中看到時，心裡特別高興。這道菜的作法非常簡單，只要把高麗菜隨意切成碎片放入鍋中翻炒，最後加入天婦羅麵衣的碎渣，倒些辣醬油，就變成一道非常美味的下飯菜了。

但我沒料到今天在座的諸位竟無人聽過這道「大碗高麗菜」，由此推知，或許這也可算一道充滿下町風味的小吃吧。最近這些年，下町熱、江戶熱炒得如火如荼，這篇文章結束前，我也願乘機向讀者大力推薦深川飯、文字燒⑫和「大碗高麗菜」（我家把這道菜叫做「整碗高麗菜」）。

哇！今天吃得好飽啊！

注釋、解說、後記

＊布魯克林區：拙作《火車》的英文版出版時，有一家叫做《國際先驅論壇報》的報社記者曾經訪問我，那時我們聊了很多，記者問我：您的出生地在東京算是怎樣的地方？我回答說：「那裡是市內鬧區，就像布魯克林區那樣，是個很危險的地方。」沒想到翻譯人員卻大笑著說：還沒那麼危險啦。但我是因為幾天前深川地區才發生過槍擊事件並有一人因而喪命，才不假思索就說出那種話。

譯注

①劍客生涯：日文原書名為《劍客商賣》，日本作家池波正太郎創作的時代小說。一九七二年至一九八九年在《小說新潮》連載。

②下屋敷：武士家的宅第都叫做「屋敷」，「上屋敷」指大名在江戶城內最靠近將軍家的住宅，距離較遠的叫「中屋敷」或「下屋敷」。

③町奉行：負責掌管江戶城內警政、市政、消防等事務的城內居民，通常是由下級武士當中選拔。

④鳥居耀藏（1796–1873）：江戶後期至明治時期的幕府大臣，天保年間（一八三〇年至一八四三年）因與洋學者對立而痛惡洋學與洋學者，並進讒言謀害南町奉行矢部駿河守丟官，自己更取代矢部成為南町奉行。

⑤御府內：江戶時代的江戶市區中心稱為「江戶御府內」。

⑥「仕掛人梅安」：作家池波正太郎於一九七二年至一九九〇年之間發表在《小說現代》的系列時代小說，共二十篇，主角藤枝梅安對外是針灸師，其實是一名殺手。

⑦義大利番茄：日式義大利餐廳連鎖店。

⑧《深川江戶散步》：藤澤周平、枝川公一、矢野誠一等作家合寫的旅遊書。

⑨岡場所：江戶時代集中在吉原的青樓都是公娼，相對於公娼的私娼區被稱為岡場所。

⑩洲崎：位於現在東京都江東區東陽一丁目，自古就是有名的紅燈區。

⑪氏子：供奉同一氏神的人。氏神是同氏族、同部落或同地域的人所供奉的守護神。

⑫文字燒：將切碎的高麗菜加入麵粉與水調成的麵漿，並將麵漿倒在鐵板上攤成餅狀，類似大阪燒的日本小吃。但文字燒直接把辣醬油加入麵漿，大阪燒則煎好之後才加辣醬油和其他調味料。

深川

鄙俗卻令人深愛的城鄉

山本周五郎的短篇佳作《深川安樂亭》文如其題，是以一家名叫「安樂亭」的居酒屋為舞臺而寫的小說，描寫方式則與話劇的獨幕劇相似。在這家「安樂亭」裡，一群不務正業的傢伙整日聚集於此，若用今天的語言來形容，那些人就如同現代的不良青少年。他們從事危險的走私活動，整天過著走鋼索般的日子，時時刻刻只想追求瞬間的痛快。小說從年輕店員被人抬進「安樂亭」揭開序幕，這名青年為了替情婦贖身而偷竊，結果被人狠打一頓。幾乎在青年被人抬進店來的同時，另一名陌生中年男子正在店內獨自飲酒，他一面嘆息一面喃喃自語：「這地方我是知道的。」

這部作品隱含的深意……特別是故事裡提到「不計回報的奉獻」精神，被大家視為周五郎的終生寫作主題，這些已不需我在此贅述。但寫到這裡，我想起最近為了撰寫這篇散文而重讀一些周五郎的作品。在閱讀的過程裡，一件十七、八年前的往事浮現腦中。那時我才開始涉獵周五郎的小說，另一位跟我一樣剛接觸周五郎作品的朋友曾對我說：「讀完這種小說，感覺自己的心靈像和服翻新了似的。」以一個中學生來說，那位朋友的表現方式實在充滿詩意。而我更感興趣的是，「和服翻新」這種字眼現已幾乎無人使用，那些生於平成時代的少年少女讀了《冷杉尚存》、《佐生》、《藍色小木船的故事》①等作品之後，多愁善感的他們會用什麼方式表達內心的感動？

《深川安樂亭》的舞臺「安樂亭」自然是虛構的酒店，它不僅是那些無賴青年的聚會場所，也是他們進行走私的基地；雖是一間居酒屋，店內卻瀰漫著生客無法踏進一步的氣氛，把這樣的居酒屋設定在深川，當然是最適合不過了。周五郎的名作不論長篇或短篇，把地名寫進題目的，大概只有《深川安樂亭》和《柳橋物語》吧。兩部作品都有理由非得把故事舞臺設定在當地。每當我這從小生長在深川的深川人看到這類作品，心底總是油然升起幾許自豪。

很多人對自己生長的地方都出乎意料的無知。或許因為他們心中抱著「只要我願意，隨時都能學」的想法吧。其實我自己也是其中之一。在我為了練習寫時代小說而開始閱讀江戶相關資料之前，我幾乎從不知道，深川這地方在當時的江戶人眼中等於是「域外魔界」。我只是潛意識地感覺到，這地方從古時起就不是有錢人住的地區。也因此，發現江戶中期以前的深川根本就未畫進象徵江戶城區的朱引線時，我不禁啞然，更沒想到除了深川之外，連隅田川東側兩國橋那邊也不算江戶城區，當時的深川甚至不歸町奉行所管轄區，而是由代官②與八州③負責掌管。之前，我只知道我家到我這一代已在深川定居四代，家父平時也總愛公開宣稱「我們家是江戶之子」，但看到那些資料後，我才知道這簡直是個天大的笑話。

深川是一塊人造土地，是由朱引線內那些江戶居民的日常垃圾填起來的。這裡的治安極差，風氣甚壞，流動人口任意流竄。而另一方面，由於這裡是新開闢的土地，風俗文化相對比較開放，所以我想當時這裡一定是個新鮮有趣又充滿刺激的城區。我有個「當地人」朋友也跟我從前一樣，完全不了解深川的來龍去脈，每次跟他聊起深川，我總喜歡用這種方式來形容：

「哎呀！就是跟紐約的布魯克林一樣的地方啦。」在這塊土地上，無數的群眾搬入又遷出，赤裸裸又毫不客套的感情與欲望總是在這兒衝突與掙扎。

但近年來深川卻令我有些失望，因為這裡也開始逐步走向都市化。公寓大廈四處林立，我們必須高高地翹起下巴才能看見天空，運河全填築成公園綠地，小說裡的「安樂亭」之所以成為走私基地，主要是因為這裡城河縱橫，運河遍布，而可悲的是，今日的深川早已不復追尋當年的風貌。

我個人以為，一個城鄉若想持續擁有創造的能量，這塊土地就必須能包容某種形式的鄙俗。江戶時代的深川，周五郎設定安樂亭存在的那個時代，深川顯然曾擁有過這種鄙俗，人們對這種鄙俗所懷抱的愛恨交織應該也是存在的。這塊地方鄙俗、卑賤得令人想立刻搬出去，同時又使人無法不對它付出熱愛。

今天，深川正在逐漸變成一個更時髦、更近代、更瀟灑的城鄉，而這類城鄉在東京早已為數過剩。儘管如此，我卻希望自己仍能繼續做個頑強又土氣的下町庶民。

譯注

①《冷杉尚存》：山本周五郎於一九五四年至一九五八年在《日本經濟新聞》連載的歷史小說，曾多次改拍為電視劇與電影。《佐生》於一九六三年一月至七月發表於《週刊朝日》，內容描寫江戶下町的兩名青年榮二與佐生的奮鬥與苦難。《藍色小木船的故事》於一九六〇年發表在《文藝春秋》，多次改編為電視劇、舞臺劇與電影。

②代官：江戶時代的地方官，多由將軍的家臣當中選拔。

③八州：江戶時代的關東地方共分八州，由地方官掌管各州。

後記

提起筆來，我不禁自問：你已在這本書裡為所欲為，暢所欲言，難道現在還有什麼想說的？

我對小說以外的散文企畫或散文書向來不感興趣，但這本書卻是我寫得最愉快的一本書。在此特別向給我諸多關照的「新潮社」各位先生致以最誠摯的謝意。特別值得一提的是：校條總編輯！多謝您為我們這快樂的企畫贊助資金和時間，以後我決定以「甜蜜又親愛的校條總編輯」來稱呼您。

各位責任編輯先生，我要向您們勇健的雙腳致敬！諸位的體重有沒有減輕幾公斤啊？一路背負沉重器材陪著我們前進的馬克田村先生、烏龍麵土居先生，下次還有更有趣的工作時，我們再一起合作吧。（笑）這回真的辛苦兩位了。

另外，我還要向現在文庫版編輯部長池田雅延先生致謝。當初想到這企畫時，多虧您在背後大力支持，並告訴我們：這企畫很有價值，放手去做吧！在此向您說聲謝謝。您雖位居管理職，卻擁有驚人的執行力，我們都在背後偷偷喊您「騎馬奉行池田神樂守①」，今後若是再進行魔鬼徒步企畫，希望您也騎馬來參加唷。

本書也略微提過，徒步日記企畫進行的那段日子，我同時也在《週刊新潮》上撰寫單次刊完的時代小說，那時《週刊新潮》編輯部次長宮澤徹甫先生因公經常與我密切聯繫，還鼓勵我說：「徒步，很好啊！這種企畫應該多做一點。」也因為他的勉勵，我才鼓起勇氣走出門去。宮澤先生現已升任《週刊新潮》總務部長。後來，我為了給他取代號而去找尼古拉江木商量。

「當然叫他『ＯＫ宮澤』嘍。」

尼古拉江木斬釘截鐵地答道。（究竟為何如此堅決？）而我自己經過這一連串徒步活動的鍛鍊，現已練就兩隻強勁有力的雙腳，以後我一定繼續努力，不斷創作能被編輯認為ＯＫ的文章。

我也要向當時出版部責任編輯宮邊尚先生道謝。他現已調到《新潮》雜誌的編輯部去了，當時他曾為我們加油打氣，還稱讚我們的企畫是兼顧健康與學習一舉兩得的活動。寫到這兒，我又想起一件趣事，記得當時我的責任編輯是宮邊②先生，宮邊先生的部下廚師中村也是我的責任編輯之一，而文庫版的編輯部次長剛好也姓中村。另一方面，我的文庫版責任編輯是博士阿部，而我原本的姓氏則是矢部③，所以我們這群人一起開會時，經常搞不清誰在叫誰、誰在跟誰說話，簡直笑死人了。

在結束本文之前，我特別要向尼古拉江木先生和死海文書田中先生致以最高謝意。徒步企畫從蒐集資料到規畫路線、以及安排交通與住宿等，幾乎所有大小瑣事全靠尼古拉江木為我們解決。死海文書田中先生則在本書出版單行本之際付出驚人的精力與體力。真的！我還替他擔心過，不知他手上其他工作該怎麼辦呢。另外，本書每回文章後面的注解也是出自於這兩位先生之手。

最後要向各位讀者致謝，感謝您長久以來一直給予我們關愛，並祝各位旅途愉快，徒步愉快！

平成十年六月吉日

宮部美幸

譯注

①騎馬奉行池田神樂守：《騎馬奉行》是一部時代劇，劇中的騎馬奉行是虛構職位。「奉行」泛指江戶時代為上級辦事的官員，原本不可騎馬。由於新潮社即位於東京神樂坂附近，因而才以「神樂守」冠之。

②宮邊：日文發音跟「宮部」相同，都是ＭＩＹＡＢＥ。

③矢部：日文發音ＹＡＢＥ，跟「阿部」的發音ＡＢＥ相似。

國家圖書館出版品預行編目(CIP)資料

平成徒步日記：宮部美幸的江戶散步之旅／宮部美幸著；章蓓蕾譯. -- 初版. -- 臺北市：麥田出版：家庭傳媒城邦分公司發行, 2012.04
面；　公分. -- (讀趣味；4)
ISBN 978-986-173-749-2(平裝)

861.67　　　　101003846

讀趣味 04
平成徒步日記——宮部美幸的江戶散步之旅

作者	宮部美幸
譯者	章蓓蕾
責任編輯	陳瀅如
協力編輯	陳嫺若
地圖繪製	貓。果然如是
美術設計	吉松薛爾

副總編輯	陳瀅如
編輯總監	劉麗真
總經理	陳逸瑛
發行人	凃玉雲
出版	麥田出版 地址：10483 台北市中山區民生東路二段 141 號 5 樓 電話：(02)2500-7696　傳真：(02)2500-1967
發行	英屬蓋曼群島商家庭傳媒股份有限公司城邦分公司 地址：10483 台北市中山區民生東路二段 141 號 11 樓 網址：http://www.cite.com.tw 客服專線：(02)2500-7718; 2500-7719 24 小時傳真專線：(02)2500-1990; 2500-1991 服務時間：週一至週五 09:30-12:00; 13:30-17:00 劃撥帳號：19863813　戶名：書虫股份有限公司 讀者服務信箱：service@readingclub.com.tw
香港發行所	城邦（香港）出版集團有限公司 地址：香港灣仔駱克道 193 號東超商業中心 1 樓 電話：+852-2508-6231　傳真：+852-2578-9337 電郵：hkcite@biznetvigator.com
馬新發行所	城邦（馬新）出版集團【Cite(M) Sdn. Bhd.】 地址：41, Jalan Radin Anum, Bandar Baru Sri Petaling, 57000 Kuala Lumpur, Malaysia. 電話：+603-9057-8822 傳真：+603-9057-6622 電郵：cite@cite.com.my
麥田部落格	http://ryefield.pixnet.net
印刷	前進彩藝有限公司
初版	2012 年 4 月
售價	NT$300
ISBN	978-986-173-749-2

Printed in Taiwan.
本書若有缺頁、破損、裝訂錯誤，請寄回更換。

cite城邦媒體 麥田出版
Rye Field Publications
A division of Cité Publishing Ltd.

廣 告 回 函
北區郵政管理局登記證
台北廣字第000791號
免 貼 郵 票

英屬蓋曼群島商
家庭傳媒股份有限公司城邦分公司
104 台北市民生東路二段141號5樓

▼

請沿虛線折下裝訂，謝謝！

文學・歷史・人文・軍事・生活

麥田出版
Rye Field Publications

讀者回函卡

cite城邦媒體

謝謝您購買我們出版的書。請將讀者回函卡填好寄回，我們將不定期寄上城邦集團最新的出版資訊。

姓名：＿＿＿＿＿＿＿＿ 電子信箱：＿＿＿＿＿＿＿＿

聯絡地址：□□□ ＿＿＿＿＿＿＿＿

電話：（公）＿＿＿＿＿＿ 分機 ＿＿ （宅）＿＿＿＿＿＿

身分證字號：＿＿＿＿＿＿＿＿（此即您的讀者編號）

生日：＿＿年＿＿月＿＿日 性別：□男 □女

職業：□軍警 □公教 □學生 □傳播業 □製造業 □金融業 □資訊業 □銷售業

□其他 ＿＿＿＿＿＿＿＿

教育程度：□碩士及以上 □大學 □專科 □高中 □國中及以下

購買方式：□書店 □郵購 □其他 ＿＿＿＿＿＿＿＿

喜歡閱讀的種類：（可複選）

□文學 □商業 □軍事 □歷史 □旅遊 □藝術 □科學 □推理 □傳記

□生活、勵志 □教育、心理 □其他 ＿＿＿＿＿＿＿＿

您從何處得知本書的消息？（可複選）

□書店 □報章雜誌 □廣播 □電視 □書訊 □親友 □其他 ＿＿＿＿＿＿＿＿

本書優點：（可複選）

□內容符合期待 □文筆流暢 □具實用性 □版面、圖片、字體安排適當

□其他 ＿＿＿＿＿＿＿＿

本書缺點：（可複選）

□內容不符合期待 □文筆欠佳 □內容保守 □版面、圖片、字體安排不易閱讀

□價格偏高 □其他 ＿＿＿＿＿＿＿＿

您對我們的建議：＿＿＿＿＿＿＿＿

＿＿＿＿＿＿＿＿

＿＿＿＿＿＿＿＿